20 MECS QUE TU *DATE* DANS TA VINGTAINE

20 MECS QUE TU *DATE* DANS TA VINGTAINE

GABI CONTI

Casa éditions

12 rue Mozart, 92110 Clichy
ISBN : 978-2-38058-337-3

Maquette et illustrations : Rachel Harrell
Collage art : Leah Peugh
Couverture : Martin Laignel
Traduction : Mathilde Ribeiro

First published in English by Chronicle Books LLC, San Francisco, California

Dépôt légal : février 2023
Achevé d'imprimer en février 2023 par d'Auria en Italie

SOMMAIRE

TICKET
312268
312267

DÉDICACE

Je dédie ce livre à mes parents, Julie et Paul Conti, qui me rappellent à quoi ressemble une relation saine à travers leurs quarante années de mariage. Peu importe le nombre de fois où j'ai eu le cœur brisé, mes parents continuent à me faire croire au véritable amour.

PRÉFACE

Les noms et les détails identificatoires ont été changés pour protéger la vie privée de ces individus, ainsi que leur fragile ego masculin.

Tous les âges mentionnés dans le livre datent de 2019, lorsque le livre fut écrit.

Introduction

UN NOUVEAU LIVRE ? QUÉSACO ?

Je suis une romantique invétérée qui a toujours eu très peu de chance en amour. Je suis un peu comme Taylor Swift, avec moins d'amies et un nombril. (NDLT : Taylor Swift n'a pas montré son nombril avant 2015.)

Donc, j'ai commencé à y réfléchir. D'abord avec mes copines autour d'un brunch, puis, à leur demande, avec un thérapeute professionnel. J'ai aussi fait beaucoup de *dates*. J'ai été célibataire la majorité de ma vingtaine. J'ai dû *dater* environ deux mecs par an, avec beaucoup de premiers et derniers *dates* au milieu.

Ensuite, j'ai compté. Wow. J'ai dû passer au moins 10 000 heures en *date* dans ma vingtaine. Selon Malcom Gladwell, cela fait de moi une experte. Une experte en *dating*. Plus je date, plus j'écris et, possiblement, j'en fais un livre. À cette époque, à chaque petite histoire que j'envoyais sur des blogs féminins, je recevais le (très utile) commentaire suivant : « J'adore ! Tu peux en faire une liste ? » Alors je l'ai fait et *20 mecs que tu date dans ta vingtaine* est né.

J'ai vite réalisé qu'il y avait des profils intemporels, des schémas qui se répétaient dans toutes les relations. Rappelez-vous quand « ghoster » est devenu un vrai truc et qu'on se demandait tous : « Mais qu'est-ce qu'il m'arrive ? » Eh bien, il y a plein d'autres trucs comme ça. Vingt, même ! Ouais, il y a vingt différents types de mecs que tu vas *dater* dans ta vingtaine.

Mais ce livre n'est pas destiné à bâcher les hommes. Beaucoup de ces profils vont dans les deux sens. Et ce n'est pas parce que tu sors avec un des profils décrits que tu dois le larguer immédiatement ! Nous avons tous nos problèmes. Dans ce livre, il y a justement des outils pour te montrer comment faire fonctionner de telles relations.

La vingtaine peut aussi être un état d'esprit. Une période où tout semble incertain ou nouveau. Peut-être que tu sors tout juste d'une relation à long terme ou d'un mariage et que tu n'as pas été célibataire depuis le lycée. Je comprends. *Dater* dans la vingtaine peut être plein d'obstacles. Les colocataires, la distance, ou cette petite voix dans votre tête qui n'arrête pas de crier : « Qu'est-ce que tu fais de ta vie ?! » Pour citer Ally McBeal : « L'amour est, hum, c'est comme une course d'obstacles, et certaines personnes laissent les obstacles gagner et puis il y a ceux qui ne le font pas. »

Ce livre est pour ceux qui ne laissent pas gagner ces obstacles. Tu pourrais même découvrir que l'homme qui deviendra ton humain préféré est l'un (ou plusieurs) de ces types. Et c'est très bien ainsi ! Ce n'est pas parce que le mec entre dans telle ou telle catégorie que votre relation ne fonctionnera pas. Chaque chapitre de ce livre est destiné à t'aider à te frayer un chemin dans le zoo que sont les dates de la vingtaine.

Tu sais, cette période de plaisir et de flirt où tu as l'impression que tout le monde autour de toi se met en couple, comme sur l'Arche de Noé, et que tu luttes dans la jungle en essayant juste d'avoir un texto en retour ?

Eh bien, ça fait de toi une licorne, et les licornes sont vraiment jolies. Donc tu es vraiment jolie ! Au-delà du défi qu'est *dater* dans la vingtaine, *dater* à tout âge, aujourd'hui, peut sembler impossible. Si les réseaux sociaux nous rassemblent, ils nous déchirent aussi. Il y a le bruit blanc des comédies romantiques, des émissions de télé-réalité et des chansons d'amour. Le *Bachelor* nous persuade qu'il est normal de demander en mariage quelqu'un que vous connaissez depuis seulement neuf semaines. Ce n'est pas le cas. C'est pourquoi seulement un des vingt-deux couples gagnants du *Bachelor* est toujours ensemble. Cela représente un taux de réussite de 4,5 % ! Disney nous a appris à croire que si on est patientes et gentilles avec les animaux, et qu'on s'endort au bon moment, un jour, notre prince viendra. Mais quand il arrive enfin, tout ce que vous obtenez de son tour de tapis magique est une violente infection urinaire.

Ce livre contient des histoires courtes sur mes échecs et mes réussites en matière de rencontres. Si les rencontres peuvent être terribles, elles peuvent aussi être drôles (après un certain temps). Tous mes *dates* ont été nommés par des pseudonymes pour protéger leur vie privée et pour me protéger d'un flot d'e-mails de colère et de poursuites judiciaires. J'ai donné à chaque homme la possibilité d'approuver et de commenter son histoire. En tant que journaliste, je sais qu'il faut vérifier les faits ! Ce livre est également rempli de graphiques amusants, de tableaux et de quiz, ainsi que de conseils de couples qui ont réussi, qui ont surmonté leurs obstacles, des experts en rencontres, et même des hommes avec qui je suis sortie. L'amour est un champ de bataille. Utilise ce livre comme un bouclier — ou une épée, si c'est ton style.

1

LE MEC QUI S'EST ENFUI

CRUSH DE LYCÉE

LE PREMIER DE TA LISTE D'AMIS MSN

EST-CE QU'ON PEUT ME RENDRE MA VIRGINITÉ ?

« Dis-moi tout », Vincent s'est écrié, aspirant une nouille dans le seul restaurant thaï de Westport, dans le Connecticut. J'avais 16 ans et je venais de perdre ma virginité avec mon petit ami Will.

La semaine d'avant, Will m'avait tendu un préservatif et m'avait gentiment dit : « Quand tu es prête, tu peux me donner ça et je saurais. » Donc, évidemment, la première personne à qui j'en ai parlé fut mon meilleur ami Vincent. Nous avions répété la façon dont j'allais donner le préservatif à Will. Je devais être à la fois timide, mais aussi séduisante.

« J'ai foiré le truc du préservatif », ai-je admis.

« Espérons que ce soit la seule chose que tu foires ! », dit Vincent.

J'ai raconté à Vincent comment je suis rentrée chez Will (ses parents n'étaient pas là), j'ai jeté le préservatif sur lui et je me suis exclamée : « Je suis prête. Allons-y ! », avec l'enthousiasme d'une femme divorcée de 52 ans. Vincent grimaça. Nous avons ensuite trinqué à mon entrée dans l'âge adulte avec nos thés thaïs.

Honnêtement, bavarder autour d'un pad thaï au poulet avec mon meilleur ami fut le meilleur moment de ma perte de virginité.

Will et moi venions de deux mondes différents. Mon monde était une comédie musicale avec Vincent. Nous vivions et respirions pour le théâtre au lycée, malgré le fait que nous n'obtenions aucun rôle. Nous étions convaincus que c'était parce que nous étions trop géniaux pour eux ! Vincent et moi étions des marginaux à la fois auprès du département théâtre du lycée, car nous aimions faire la fête, mais aussi auprès des gens populaires, qui nous trouvaient bizarres parce qu'on faisait du théâtre. Will, lui, avait toujours l'air entouré de plein d'amis à la cafétéria, peu importe l'heure. Et, étrangement, il était bon élève. Il était en dernière année, dans l'équipe de natation et fumeur de joints.

Malgré nos différences, Will et moi avions créé un lien en ligne, bien que mon pseudo fût DramaQueenGC. Tout a commencé un après-midi, quand Will, ou Wlbrt86, m'a envoyé : « Quoi de neuf ? » Donc j'ai tenté un nouveau truc : « À la douche. Tu me rejoins ? ;) »

Je réalise maintenant que ça sonnait un peu comme une vieille tactique de drague de cougar. Mais ça a marché et Wlbrt86 m'a invitée à sortir la veille de

GOÛT:	LOOK:	SON:	ODEUR:	RESSENTI:
Pastèque, Vodka Smirnoff	Col relevé, collier de coquillages et cheveux stratégiquement gélifiés	*The One Who Got Away* (Acoustic) par Katy Perry	Frites de la cafétéria	Comme la fille la plus chanceuse du lycée

Noël. Il est venu me chercher dans sa Nissan argentée, et on a roulé jusqu'à la plage. On a écouté les Black Eyed Peas, les bons trucs où Fergie était moins présente. Il m'a regardée profondément dans les yeux, nos visages brillaient dans les lumières du tableau de bord, et... il m'a embrassée. Mon cœur s'est emballé.

J'ai vite appris à connaître Will, au lieu de Wlbrt86. Il était drôle et bon ami, avec ce grain de beauté sur sa joue que je trouvais incroyablement sexy parce que j'étais vraiment à fond sur Enrique Iglesias à cette époque. Après qu'on a couché ensemble, les choses sont devenues sérieuses. Nous sommes allés ensemble au bal de promo et nous étions inséparables tout l'été. Je croyais vraiment que cette relation allait durer. Mais nous avons rompu quand il est parti à l'université. Après ça, il a toujours été en couple, mais je me demandais toujours, secrètement, si nous n'allions pas finir ensemble.

Nous avons perdu contact jusqu'à ce que j'aie 28 ans et que je visite New York pendant les vacances. Je l'ai invité à mon spectacle comique, car s'il y a un moyen infaillible d'impressionner le gars avec lequel tu as perdu ta virginité, c'est avec un minimum de deux boissons et des blagues de cul.

Après le spectacle, nous avons rattrapé le temps perdu. Je ne sais pas si c'était l'esprit de Noël, les verres de vodka soda, ou si on a plaisanté sur le fait que ça aurait été le 12e anniversaire de notre premier rendez-vous, mais quand Will m'a embrassée, j'ai senti mon cœur s'emballer, comme si j'étais à nouveau sur le siège avant de sa Nissan argentée la veille de Noël 2003.

Je me suis demandé si, peut-être, cette fois, ça allait marcher. Peut-être que j'ai passé toutes ces heures à faire des rencontres pour finir là où j'avais commencé. Au fond de moi, je l'espérais. Jusqu'à ce que je réalise que nous faisions partie de mondes différents maintenant.
La seule chose que nous avions en commun était d'avoir été amoureux une fois. Si on essayait de sortir ensemble à nouveau, ce serait comme forcer un vieux CD-ROM dans un MacBook Air.

Je n'ai pas reparlé à Will jusqu'à ce que j'ai à écrire ceci. Je savais qu'il avait une petite amie. Alors je lui ai envoyé un message sur Facebook pour être moins envahissante. Je n'ai pas eu de réponse. Le lendemain matin, j'ai ouvert Instagram et j'ai vu une photo de lui, sa petite amie et une bague en diamant. Je l'ai imaginé, la bague dans la poche droite, et mon message sur son téléphone dans la poche gauche. Je suppose que certaines choses sont faites pour rester dans le passé. Parfois, le mec qui s'est enfui s'est enfui pour une raison. Et même si c'est difficile à accepter, tu dois juste faire comme MSN et dire « au revoir ».

BOY BINGO

T'es sortie avec lui ou t'as eu un crush sur lui au lycée

Vous n'êtes plus dans la vie l'un de l'autre

Ton premier amour

T'as perdu ta virginité avec lui

Free space !

Il n'est plus disponible depuis que vous avez rompu

Vous ne vivez plus à côté

Tu te demandes encore « Et si ? »

Vous étiez meilleurs amis

COMMENT SE REMETTRE AVEC LE MEC QUI S'EST ENFUI

Oui ! Je l'ai croisé par hasard la semaine dernière !

Avait-il toujours l'air intéressé ?

On flirtait beaucoup…

Je ne sais pas trop…

Est-ce que vous avez prévu de vous revoir ?

Je crois.

Non. Il n'a rien demandé donc je me suis dit qu'on en resterait là.

Oui ! On va boire un verre la semaine prochaine !

C'est bon signe ! Amuse-toi et bonne chance !

VOUS ÊTES VOUS PARLÉS DEPUIS LE LYCÉE ?

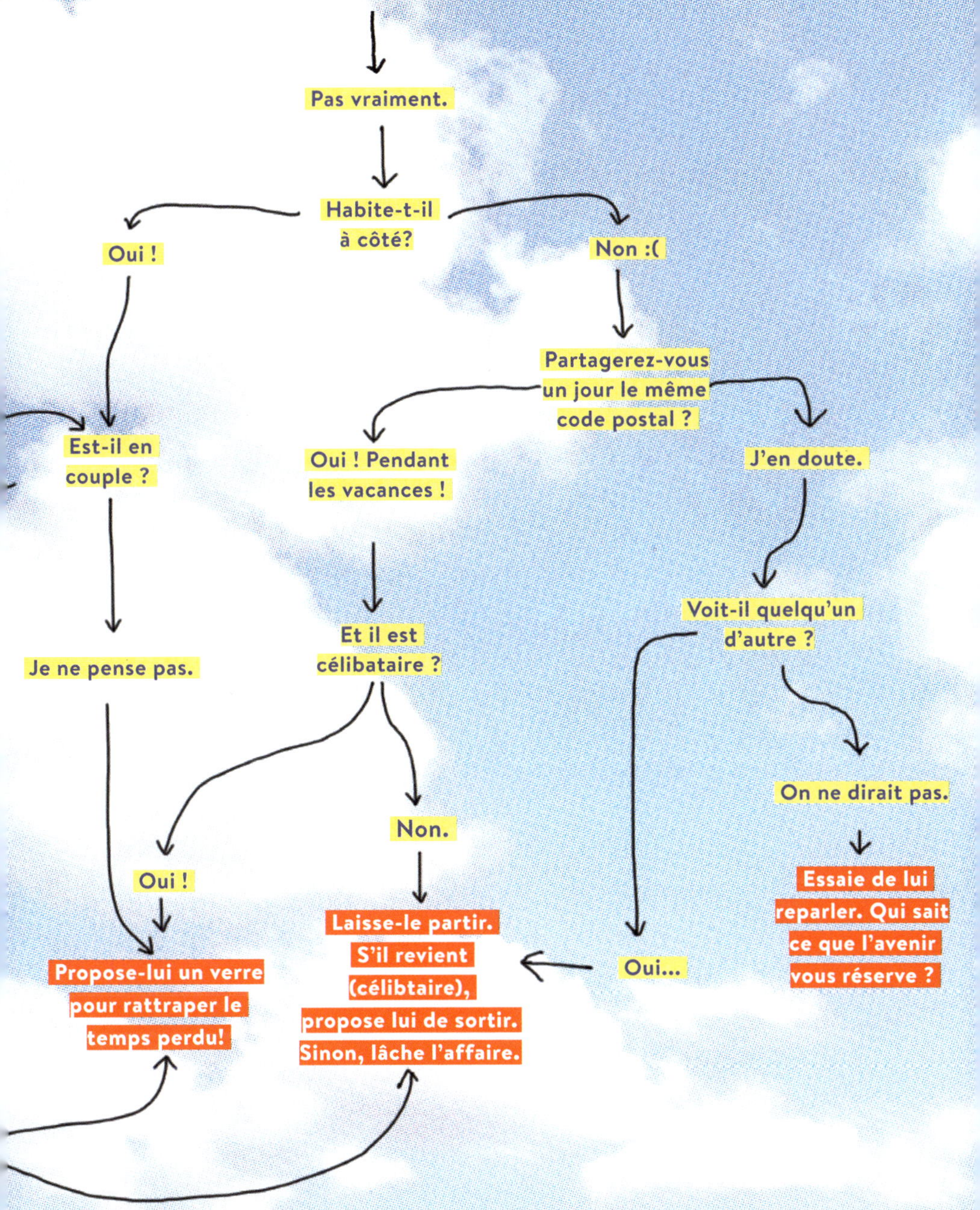

Comment raviver la flamme ?

Fais une recherche en ligne.
Essaie toutes les formes de réseaux sociaux, y compris LinkedIn. (J'ai eu de la chance avec LinkedIn lorsque j'ai contacté des ex pour ce livre. C'est le moyen le plus professionnel et le moins envahissant, ce qui peut être une bonne chose s'il voit quelqu'un). Suis-le et/ou envoie-lui un message direct sur la plateforme de ton choix.

Vois des amis communs.
Découvre s'il reste en contact avec eux. Essaie de leur demander s'il te mentionne parfois, ou ce qu'ils pensent qu'il pourrait ressentir à l'idée de te revoir.

Appelle sa mère !
Elle t'aimait bien, non ? Profite de la fête des mères, de la Saint-Valentin ou de n'importe quelle fête pour lui offrir un cadeau ou de n'importe quel jour férié pour l'appeler et prendre des nouvelles. Mentionne en passant le mec qui s'est enfui, mais n'en fais pas le centre de la conversation.

Prends un verre dans son bar préféré.
Tu connais l'endroit. Le repaire où vous n'êtes pas allé depuis votre rupture. Assieds-toi au bar quand c'est calme et discute avec le barman. Découvre si le mec qui s'est enfui est toujours un habitué et avec qui il boit régulièrement.

Communique avec son ex.
Tu sais, celle qu'il a fréquentée avant ou après toi. Maintenant que vous ne sortez plus avec lui, vous avez quelque chose en commun ! Dans le pire des cas, tu te fais une nouvelle amie !

L'avis de l'autre

Le mec que j'ai *daté* : Will, 32 ans, 9 mois de relation au lycée, et un *date* en 2016

J'adore cette histoire. Mon seul conseil est d'essayer de vivre dans le moment présent sans regret. Que ça s'arrête de la manière dont tu l'espérais ou non, l'important est d'en profiter pendant que ça se passe. Ça aide à définir ta perception des relations et de qui tu es, alors sois en phase avec tout ça. De plus, en ce qui concerne l'épisode du préservatif, à ce moment-là, j'ai probablement pensé que c'était hyper subtil. Avec le recul, je grimace un peu et je réalise que je n'étais pas tout à fait le Roméo que je pensais être. Désolé, tu ne peux pas récupérer ta virginité !

Le couple : JoAnn, 52 ans et Steve, 55 ans, ensemble depuis 7 ans

Nous nous sommes rencontrés à l'université. Elle était en deuxième année et moi en première. J'ai été diplômé et je n'ai jamais pensé à elle. Je suis tombée sur elle quelques années plus tard, mais il ne s'est rien passé. Puis, en 2011, nous avons repris contact grâce au travail et nous avons commencé à nous envoyer des e-mails, de manière amicale. J'ai fini par demander son numéro, et nous avons commencé à nous envoyer des textos. Je l'ai appelé un soir et nous avons parlé pendant 3 heures. Pendant un de nos appels, je lui ai proposé qu'elle vienne me voir à Los Angeles et elle a accepté. Nous nous sommes éclatés et pendant environ 2 ans, je suis allé la voir tous les mois pendant une semaine, ou parfois elle venait. Un jour, nous avons décidé d'emménager ensemble à Los Angeles. Aujourd'hui, nous sommes fiancés et nous vivons dans le New Jersey. Mon conseil serait de ne jamais penser qu'il est impossible de rencontrer quelqu'un. JoAnn n'a jamais été mariée et m'a rencontré quand elle avait 45 ans. J'étais divorcé depuis plus de 10 ans et je n'aurais jamais pensé pouvoir tomber amoureux de quelqu'un à l'autre bout du pays. De plus, il faut toujours s'assurer que le gars te traite bien et qu'il n'est pas malhonnête. Bien sûr, les bad boys sont cools, mais s'ils sont appelés comme ça, c'est bien pour une raison.

L'expert : David Feliciano, anciennement sergent-détective, bureau du shérif du comté de Westchester, Unité des fugitifs.

Quand je recherchais des fugitifs, j'avais l'habitude de contacter les associations étudiantes de lycées, d'universités, etc. Ils avaient toujours des informations sur les gens et organisaient plein de réunions. Les facteurs aussi en connaissent bien plus sur les gens que ce que l'on pense. Après tout, ils lisent les courriers quand ils s'ennuient. Recherche aussi auprès des anciens amis, connaissances, etc. Parmi les meilleures sources, il y a les frères et sœurs et les barmen. Recherchez dans les associations professionnelles comme les clubs, les fraternités, etc. Dans les ex petites amies ou ex-femmes énervées. Les anciens patrons aussi. Disons que tu fais un tableau de chasseurs de têtes. Les mamans sont également une bonne source d'informations si elles t'aiment bien. S'il conduit une voiture chère, recherche dans les clubs de fans de voiture, style Corvette ou Porsche. S'il est religieux, contacte son église habituelle. J'ai traqué un jour un homme qui mettait une pierre sur la tombe de sa mère tous les ans à l'anniversaire de sa mort. Je suis resté là toute la journée, mais j'ai chopé mon gars. Quand je contacte tous ces gens, je leur dis généralement qu'ils ont gagné une tombola, une loterie ou un voyage. Attends, tu n'essaies pas de stalker ce gars, si ?

2

LE MEC PLUS BEAU QUE TOI

TOP MODEL?

VIT POUR LES SELFIES

« L'AMOUR »

AU PREMIER REGARD

C'était le jour d'orientation des étudiants de première année. J'étais supposée écouter le président d'Emerson College faire un discours sur... Je ne sais pas. Je n'étais pas là. J'étais à l'appart d'Hudson. Il était plus vieux, mais toujours au lycée. Nous ne sortions ensemble que depuis 8 jours, mais j'étais déjà sous le charme. J'aimais tout chez lui, de la manière qu'il avait de secouer ses sombres cheveux en bataille pour dégager ses épais sourcils, au petit écart entre ses dents. J'étais impressionnée par son appart à North End, il y avait un mur en brique et même des tableaux ! Évidemment, il avait une colocataire, mais attention, ils avaient des chambres séparées ! Il a ramassé un jeans et l'a enfilé. C'était le mien. Le pire étant que mon jeans bootcut lui allait beaucoup mieux qu'à moi. Ce qui avait du sens. Hudson était mannequin. Bien sûr qu'il était mannequin : il s'appelait Hudson. Même si je n'ai jamais rien vu de son travail, le soir de notre rencontre, il m'a raconté ses expériences de défilés et de séances photo. Comme il était grand et avait beaucoup de produits dans les cheveux (en raison, j'ai pensé, d'une séance photo), je l'ai cru. Je lui ai dit que je travaillais aussi dans l'industrie de la mode. Je pliais des jeans dans un magasin pour femmes tendance, mais celui sur Newbury Street, que les guides touristiques sur les *duck boats* appellent « le Rodeo drive de Boston », donc, c'est pareil ?

« Tu pourrais me le ramener dans la plus grande taille qu'ils ont ? » m'a-t-il demandé, sachant qu'il venait du magasin dans lequel je travaillais.

« Bien sûr ! Je peux utiliser ma réduction employé ! » Dans ma tête, c'était plus s'il te plaît aime-moi.

« Est-ce qu'il existe en plusieurs couleurs ? »

« Euh... velours rouge... »

Son visage s'éclaira. « Oh oui ! Ça ira parfaitement avec mes Uggs ! Merci, bébé. » Il me fit un bisou sur la joue. J'ai souri, ignorant cet énorme *red flag* (en velours) qui était que le mec avec qui je sortais voulait que je lui achète un pantalon pour femme en velours rouge pour le porter avec ses Uggs. J'étais trop distraite par le fait qu'il venait de m'appeler « bébé », ce qui faisait de nous un couple officiel. Non ? Nous n'avions pas encore défini notre relation, mais ça semblait prometteur ! J'ai rencontré Hudson la semaine d'avant, devant l'immeuble de mon dortoir. Je fumais une cigarette au clou de girofle. Cigarettes que je rangeais dans une boîte en aluminium « vintage » (Urban Outfitters). Hudson s'est approché de mes amis et moi, accompagné de camarades de dernière année qui semblaient tout droit sortis des musiques de Vampire Weekend. Il nous a invités à une fête, hors du campus. Mon cerveau a dit non, mais ma cigarette au clou de girofle a dit oui. Nous nous sommes embrassés pour la première fois à cette soirée, sous les lumières et les étoiles, alors que l'odeur des cannolis frits du quartier italien, de l'ail, et le début de l'automne remplissaient l'air. Après ce baiser, nous avons commencé à sortir ensemble. Il m'a fait un CD personnalisé et m'a cuisiné du saumon pour le dîner. (Juste du saumon.

GOÛT:	LOOK:	SON:	ODEUR:	RESSENTI:
Noix de coco et ananas. Attends, est-ce qu'il a mis de l'autobronzant ?	Comme s'il marchait au ralenti	Le synthétiseur d'une musique de défilé	La plage. Tu n'es pas du tout près de la plage.	Si doux. Sérieusement, comment fait-il pour avoir une peau si douce ?

Encore une fois, classique venant d'un homme). Donc la moindre des choses était que je lui trouve son pantalon en velours! Je pouvais acheter ce que je voulais avec la réduction employé, du moment que c'était pour moi. Le lendemain après le travail, j'attrapais le pantalon en velours, les mains moites. Ma responsable m'a appelée pour me demander pourquoi j'achetais une taille 36 alors qu'elle savait que je faisais du 34. J'ai mis ça sur le compte des « freshman fifteen » (NDLT : expression couramment utilisée aux États-Unis et au Canada, qui fait référence aux kilos – fixés de manière quelque peu arbitraire à 15 livres, soit 6,8 kg – gagnés pendant la première année d'université d'un étudiant), alors que les cours n'avaient même pas encore commencé. Elle a compati, m'a suggéré de mâcher un chewing-gum la prochaine fois que j'aurai faim, et a raccroché.

Hudson adorait son pantalon en velours. Il se vantait aux gens, en m'embrassant sur la joue : « Gabi me l'a acheté ! ». Donc, ça fait de lui mon petit ami, non ? Faux. Il s'avère qu'il sortait avec quelqu'un d'autre. Malgré ses choix vestimentaires, ce quelqu'un d'autre était une fille. J'avais le cœur brisé. J'ai joué la chanson de Green Day *Wake Me Up When September Ends* en boucle. On était seulement le 3 septembre. J'aurais bien continué à l'écouter après la fin du mois de septembre, mais ma colocataire m'a suppliée d'arrêter. Je ne pouvais pas croire que si un gars te cuisinait du saumon et te faisait un CD personnalisé, et que si tu lui achetais un pantalon de velours rouge, ça ne faisait pas automatiquement de lui ton petit ami.

Et puis ça m'a frappé. Qui était cette personne qui fumait des cigarettes aux clous de girofle et qui écoutait des musiques tristes ? Ce n'était pas moi. J'étais tellement consumée par l'idée de sortir avec un mec « plus beau que moi » que j'avais commencé à changer mon apparence. Le lycée, c'est le moment où l'on se cherche, mais ça ne veut pas dire que l'on doit changer qui on est.

Comment paraître plus fraîche quand ton date est plus frais que toi ?

Important : bien lire toutes les étapes avant d'entreprendre quoi que ce soit !

Étape 1:

Prends une longue douche. Rase tout ton corps en laissant poser un épais masque pour les cheveux.

Étape 2 :

Allonge-toi sur ton lit avec ta serviette et fixe le plafond pendant au moins 20 minutes. Fixe une intention sur la façon dont tu peux être plus sexy.

Étape 3 :

Applique un masque et des patchs pour les yeux pendant que tu fais des squats puis la planche pendant 1 minute.

Étape 4 :

Passe au make-up ! Et souris ! Fais un max de contouring, mets des faux cils et un fard à paupières qui met en valeur tes yeux.

Étape 5 :

Mets des extensions à clip et boucle tes « cheveux » pour ressembler à un mannequin Victoria's Secret.

Étape 6 :

Essaie tout ce que tu as dans ton dressing. Pleure parce que tu n'as rien à te mettre. Bois un verre de vin. Enfile ta petite robe noire.

Étape 7 :

Ignore les étapes 1 à 6 et arrête tout. Tu es déjà super fraîche.

BOY BINGO

Il porte du blanc sans se salir 	La majorité de ses photos sont de lui, prises par un photographe professionnel	Il prend plus de temps que toi pour se préparer 
Il est souvent confondu avec une célébrité 	Free space! 	Ses produits pour le visage sont plus chers que les tiens 
Il peut attirer l'attention du barman plus vite que toi 	Vous avez autant de produits de beauté	« L'amour » au premier regard 

Quiz

QUEL TYPE DE MEC SEXY TU *DATES* ?

Quand tu lui dis qu'il est sexy, qu'est-ce qu'il fait ?

- **A** Il dit « je sais », en admirant son reflet dans la fenêtre derrière toi.
- **B** Il rougit et dit « c'est faux », est extrêmement gêné.
- **C** Il te dit que ce n'est pas lui qui est « hot », mais la planète, et qu'il faut qu'on agisse.

Quelle est sa *morning routine* ?

- **A** Longue et précise. Presque comme celle de Patrick Bateman dans *American Psycho*.
- **B** Simple. Moins de routine et plus de sorties.
- **C** Roule hors du lit, frais comme un gardon.

Depuis combien de temps est-il sexy ?

A **Il l'a toujours été. S'il te plaît, arrête de poser cette question. Il sait qu'il est beau. Il sait aussi qu'il ressemble à cet acteur/ce musicien/ce mannequin/cette star de télé-réalité.**

B **Il ne se pense vraiment pas sexy ! Il était bizarre quand il était petit et il n'a pas encore accepté qu'il est sexy.**

C **Il ne pense pas vraiment à son apparence. Il est plus intéressé par le contexte politique, pour être honnête.**

Qui dépense le plus d'argent en vêtements ?

A **Lui, mais il pense que c'est nécessaire à sa carrière de mannequin.**

B **Toi. Il n'est jamais allé faire du shopping, si ce n'est avec sa mère.**

C **Toi. Tous ses vêtements viennent de friperies pour réduire son empreinte carbone. .**

Combien de photos poste-t-il de lui ?

A **Beaucoup. Mais c'est son job. Il aimerait ne pas avoir à le faire autant.**

B **Oh mon dieu. Aucune ! Il déteste se faire prendre en photo et ne sait jamais quoi faire de ses mains ! S'il te plaît, ne le prends pas en photo.**

C **Aucune.**

Plus de A

Le mannequin : que ce soit professionnel ou non, ce gars est obsédé par son apparence. Tant que tu gardes ta confiance en toi, que vous respectez l'autre, et que tu n'es pas jalouse, ça peut marcher !

Plus de B

Sexy, mais il ne le sait pas : c'est le mec le plus beau (dans la pièce). Il a été soit gros, soit geek, soit les deux, et n'est pas conscient ou est mal à l'aise face à son glow-up. Profites-en avant que ça ne lui monte à la tête.

Plus de C

Woke up like this : ne veut pas être mannequin, mais pourrait l'être. Les gens lui répètent depuis sa naissance qu'il est beau, mais il est au-dessus de ça. Il y a trop de choses qu'il veut faire dans la vie. Se faire payer pour être beau n'en fait pas partie !

Signes que ton mec est trop sexy pour être vrai

Non, il ne s'est certainement pas réveillé comme ça.

Cheveux :
Nécessitent beaucoup de produits et au moins 30 minutes d'attention inébranlable.

Sourcils :
Il les fait épiler à la cire ou au fil.

Visage :
Crème hydratante teintée avec du SPF. Non, ce n'est pas du maquillage, et non, tu ne peux pas l'emprunter. C'est du Armani !

Yeux :
Chut… ce sont des lentilles colorées. Ne le dis pas à son agent !

Lunettes :
Fausses.

Col V :
Plus décolleté et plus cher que le tien.

Baskets :
Il ne l'admettra jamais, mais il a fait la queue 3 heures pour les avoir. Stylé, non ?

Torse :
Il le rase.

Peau :
C'est de l'autobronzant.

Jeans :
Plus serré, plus petit et plus cher que le tien.

Sac :
Ce n'est pas un sac pour homme ! C'est un sac mixte et il en a besoin ! Il doit trimballer beaucoup de choses (surtout des capotes) !

L'avis de l'autre

Le mec que j'ai *daté* : Hudson, 35 ans, 1 mois de relation

Oh, c'est trop cool et certainement plus cool que la réalité. C'est drôle et ça me rappelle plein de souvenirs. Vampire Weekend, lol. Je suis désolé, je ne porte pas le jeans en velours rouge, en raison des (cette fois) très réels et malheureux kilos que j'ai pris après le lycée. Mais je le chérirai toujours. :)

Le couple : Sammie, 31 ans et Tom, 32 ans, ensemble depuis 12 ans

Depuis que mon mari, Tom, et moi avons déménagé en France, il semble avoir trouvé la meilleure version de lui-même. Il marche plus, a laissé pousser ses cheveux et a amélioré sa garde-robe (grâce à Paris). Je suis restée la même. Je l'ai toujours trouvé attirant, mais il est définitivement monté d'un cran. De nombreux amis l'ont remarqué, et même Tom sait qu'il s'est embelli (mais il est très humble et ne le dira jamais). Il me dira qu'après une séance de sport, quelques personnes l'ont regardé.
Je pense que c'est une super chose. Et oui, je pense qu'il est 100 fois plus beau que moi. Et tu sais comment ça me fait me sentir ? Comme la femme la plus chanceuse au monde. Il pense que je suis dingue de dire ça. Mais ce n'est pas grave. Je suis cool. J'ai confiance en notre relation. J'ai confiance aussi dans le fait qu'il aime mon apparence. Il faut vraiment s'aimer soi-même, même si l'autre personne n'est pas aussi attirante. On ne peut pas être dans une relation saine avec quelqu'un d'autre tant qu'on n'a pas une relation saine avec soi-même. Quand tu t'aimes, tu sais ce que tu mérites de la personne qui t'aime, même si tu penses qu'elle est plus belle que toi ou non. Sois juste heureuse qu'une personne avec qui tu t'es mariée s'améliore avec le temps.

L'expert : Chris James, 49 ans, ancien mannequin international, actuellement comédien

Il faut voir s'il te présente à des amis très proches ou à sa famille. Ça déterminera à quel point il t'apprécie. Les mecs dans la vingtaine ne sont pas matures et se retrouvent facilement tentés par d'autres femmes dans les soirées ou autres événements sociaux. J'étais assez stable avec une femme en particulier, et elle n'était pas la plus sexy selon les critères de beauté. Mais elle était saine, drôle et c'était juste une joie d'être avec elle. Elle se riait des gens prétentieux et n'était pas mal à l'aise vis-à-vis de son apparence. Ça la rendait bien plus attirante à mes yeux. Elle était vive et drôle dans ses interactions avec les gens. Mon conseil est d'agir comme si tu étais belle, sans être arrogante, et les mecs te trouveront attirante.

3

LE MEC QUI HABITE LOIN

IL EST SI OCCUPÉ !

LE CORRESPONDANT

EST-CE QU'IL EXISTE ?

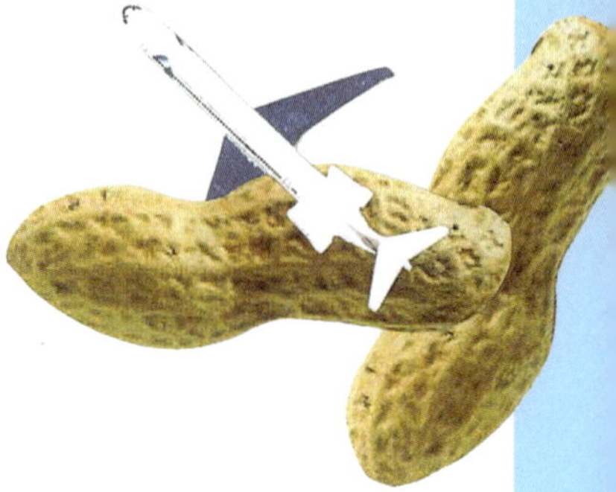

En grandissant, ma chanson préférée était *Hopelessly Devoted to You* de la comédie musicale *Grease*. J'avais 6 ans et il n'y avait rien qui aurait pu se rapprocher d'un « you » dans ma vie. Mais j'avais hâte d'avoir un « you ». L'amour me semblait incroyable. Être si désespérément dévouée à quelqu'un qu'il n'y a plus de mots pour exprimer son amour, juste une chanson... Je veux !

La musique n'a pas joué un rôle dans ma vie sentimentale avant l'été où je suis retournée en colonie de vacances en tant que monitrice. C'est là que j'ai rencontré James. Il était aussi moniteur. Il avait ce look à la fois propre et robuste, comme s'il pouvait s'occuper de moi en cas d'apocalypse, mais pas d'une manière brutale et dégoûtante.

Nous nous sommes rencontrés dans le réfectoire, près de la machine à café. Apparemment, nous étions les deux seules personnes dans cette colonie de vacances d'été pour filles dans le Maine à avoir besoin de caféine pour fonctionner le matin ; ce qui avait du sens étant donné que 80 % des membres de cette colonie étaient soit des enfants soit des mormons. Une nuit, après le travail, nous sommes tombés l'un sur l'autre au jukebox d'un bar miteux. J'étais partie en mission pour jouer le titre de Bob Dylan *Stuck Inside of Mobile with the Memphis Blues Again*, car je fréquentais une université de lettres et sciences sociales et humaines et que je voulais que tout le monde le sache, et lui était déterminé à jouer quelque chose de Bruce Springsteen, bien qu'il ne soit pas originaire du New Jersey. Nous avons parlé de nos chansons préférées. Le regarder s'illuminer lorsqu'il parlait des groupes qu'il aimait m'a fait fondre instantanément. J'étais lassée du professeur de tennis australien que je voyais depuis une semaine, sa chanson favorite étant *Land Down Under*, comme si le fort accent (aussi fort que l'odeur de son autobronzant) avec lequel il la chantait n'était pas déjà assez évident.

Plus tard cette nuit, mon nouveau copain d'été (avec qui je sortais seulement dans ma tête) et moi sommes partis faire un bain de minuit dans le lac. C'était notre premier baiser. Ça peut sembler romantique, mais as-tu déjà marché dans un lac ? C'est tout visqueux et mystérieux.

GOÛT:	LOOK:	SON:	ODEUR:	RESSENTI:
Les cacahuètes dans l'avion	Les 3-4 photos que tu montres à tes amis du gars que tu « fréquentes »	Cette chanson... votre chanson. (Il ne sait pas du tout que vous avez une chanson.)	L'essence de l'avion mélangée à l'odeur des bretzels de Tata Anne	Papillons excités et plein d'espoir dans le ventre, mélangés à une irrémédiable tristesse quand tu réalises que tu ne vas pas le voir avant longtemps

De plus, c'est vraiment difficile de s'embrasser et de nager sur place en même temps, et pourtant je suis bonne nageuse.

Le lendemain matin, à la machine à café, il m'a donné un CD de Modest Mouse. Je l'écoutais tous les soirs pour m'endormir. C'était la première chanson de ma playlist de l'amour, avec un gars dont je ne connaissais même pas le nom de famille.

Quand l'été a pris fin, je lui ai redonné le CD avec mon numéro à l'intérieur.

Il n'a jamais appelé, mais il a écrit sur mon mur Facebook pour me demander si j'avais écouté le nouvel album de reprises de Bob Dylan. C'était le début d'un va-et-vient, 3 ans de relation « *posts* sur le mur Facebook » où on se conseillait des musiques et où on critiquait les goûts de l'autre. Puis on a commencé à s'envoyer des CD.

Ses goûts musicaux étaient difficiles à égaler, surtout en raison du fait que mon adoration pour le rock alternatif était une façade. En réalité, mes musiques préférées étaient plutôt du genre « John Mayer rencontre le show tunes ! ». Pour rester à la page, je suivais les charts et lisais des revues d'albums. Comme c'était avant Spotify, c'est un job à temps partiel.

La Saint-Valentin de ma dernière année de lycée, James est venu me voir à Boston. Nous avons eu notre première dispute concernant notre avenir. Je pensais qu'on s'était rencontrés pour une raison et que c'était pour cette même raison qu'on avait gardé contact toutes ces années.

Les vacances d'après, j'ai réservé un vol pour aller le voir à San Francisco sans le dire à mes parents. Il m'a amené voir tous ses endroits préférés et nous avons enfin bu une tasse de café décente au Blue Bottle's garage. Quand nous nous sommes embrassés pour nous dire au revoir, je ne savais pas que ce serait la dernière fois que je le voyais.

Il s'est avéré que James avait raison. Tout n'arrive pas pour une raison. C'était nous qui faisions durer la connexion. Rapidement, il n'y a plus eu de messages, de colis ou de plans. Il est aujourd'hui marié et a fondé une famille. J'imagine que nous n'allions pas dans la vie de l'autre, ou peut-être comme la musique, nous n'étions pas sur la même longueur d'onde.

Que mettre dans sa valise pour aller voir un mec quand tu paniques facilement

- O un sweat décontracté (ou tu voles le sien)
- O une veste de badass
- O ton visage (ta trousse de maquillage)
- O de la lingerie sexy que tu diras être ton pyjama
- O des baskets, pour faire croire que tu aimes le sport
- O un jeans dans lequel tu lui demanderas le statut de votre relation
- O Des bottes, pour voir s'il est toujours plus grand que toi
- O un legging, car tu vas manger comme lui pendant le week-end
- O un t-shirt de groupe vintage, pour faire croire que tu écoutes vraiment ce groupe
- O des basiques, pour aller avec tout ça
- O des lunettes de soleil, pour quand tu auras la flemme de te maquiller
- O des produits format voyage
- O la chemise qui dit « j'aimerais beaucoup rencontrer tes parents ! »
- O des barrettes et des élastiques (pour marquer ton territoire)

BOY BINGO

Il n'a pas le même code postal que toi

Vous parlez ensemble davantage au téléphone qu'en vrai

La plupart des dates comptent au moins 1 heure de trajet

Toujours occupé

Free space!

Il est la dernière personne à qui tu envoies un message le soir et la première le matin (mis à part ta maman, mais ça, c'est normal).

Il t'envoie des lettres, des poèmes ou des chansons

Vous vous envoyez plein de selfies

Ton téléphone et toi n'avez jamais été aussi proches

Quiz

TA RELATION LONGUE DISTANCE VA-T-ELLE DURER?

Avez-vous des bases solides ?

- A Comme un roc !
- B Mmh, un truc comme ça ?

Comment décrire votre communication ?

- A Nous parlons presque tous les jours !
- B Pas si consistante...

Comment est votre alchimie en vrai ?

A ***On fire !***

B **C'est mieux par message.**

Allez-vous vous voir prochainement en vrai ?

A **Les billets sont réservés !**

B **Pas sûr…**

Parlez-vous de l'avenir ?

A **Tout le temps !**

B **Pas vraiment…**

Plus de A

Ça semble prometteur ! Maintenez votre excellente communication et continuez à vous assurer que vous êtes sur la même longueur d'onde.

Plus de B

Ça ne semble pas très prometteur, mais ça ne veut pas dire que ça ne peut pas fonctionner. Essayez de communiquer sur ce que vous ressentez et où il en est. Que veut-il ? Quel avenir envisage-t-il pour cette relation ? Est-ce que c'est toujours toi qui engages la conversation ? Qui vas tout le temps le voir ? Ou c'est vous deux ? Avec tout type de relation, être sur la même longueur d'onde est la clé. Dans les relations longue distance, voir les choses en face peut vraiment déterminer la relation.

A BANGER
"We Found Love" by Rihanna featuring Calvin Harris

HIS SONG
"In My Feelings" by Drake

YOUR SONG
"Kiss Me" by Sixpence None the Richer

#TBT
"I Feel Love" by Donna Summer

SOMETHING SWEET
"Dream A Little Dream of Me" by The Mamas & The Papas

FILTHY RAP
"What's Your Fantasy" by Ludacris (Featuring Shanna)

SWITCH GENRE
"365" by Zedd & Katy Perry

CHILL
"A Real Hero" by College, with Electric Youth

DANCE
"Be My Lover" by La Bouche

NEW FIND
"R U with Me" by ASTR

LEAVE HIM WANTING MORE
"Just Can't Get Enough" by Depeche Mode

by DJ DENISE LOVE HEWETT @ deniselovehewett

L'avis de l'autre

Le mec que j'ai *daté* : James, 34 ans, 3 ans de relation à distance

Je suis généralement mal à l'aise à l'idée de publier des détails sur moi-même. Je pense que je suis largement d'accord avec tout ce que tu as écrit, et avec franchise, je veux que tu publies la chose la plus créative et la plus honnête possible. Je ne veux pas d'informations personnelles sur moi dans la nature qui permettraient de m'identifier, mais je suis d'accord pour que tu écrives comme tu t'en souviens.

Le couple : Jamie, 33 ans et Ryan, 34 ans, ensemble depuis 9 ans

Tu n'es pas obligé de parler H24 avec la personne. Les couples proches géographiquement ne le font pas non plus, donc pourquoi ta relation devrait être différente ? Ne mets pas la pression sur toi ou ton partenaire avec cette pensée obsédante ! Le plus gros challenge d'une relation à distance est de ne pas comparer ta vie (ton job, tes amis, ton mode de vie) à ce qu'elle aurait pu être si tu vivais avec la personne. Il faut laisser tomber les « si » et prendre conscience de ce qui est et en être satisfait, heureux et en paix. Vous finirez toujours par vous retrouver (au bout de 4 ans pour nous) et cette transition demande des compromis, des sacrifices et de l'abnégation.

L'experte : Fabiola Wong, coach de communication consciente, @FabiolaDWong

La seule manière de faire marcher une relation à distance est une communication efficace. Quand tu ne peux pas voir ou toucher la personne, tu es obligé de t'en tenir aux formes de communications digitales comme les SMS, les appels, les FaceTime. Si un couple longue distance se dispute, le sexe de réconciliation n'est pas une option. Veillez à avoir des conversations ouvertes sur les attentes, les pensées et les émotions pour régler les problèmes. La seule façon de savoir comment rendre l'autre heureux, c'est de le lui demander !

4

LE MEC VERS QUI TU REVIENS TOUJOURS

ÇA SERA DIFFÉRENT CETTE FOIS !

EH, AU MOINS JE RECYCLE

ON NE SE REMETTRA JAMAIS ENSEMBLE ! ... OU PAS.

La première fois que j'ai vu les yeux noisette de Seth, j'ai su que c'était le bon. Mes parents, ensemble depuis des décennies, décrivent une connexion similaire lors de leur première rencontre. Après quelques mois de rencards autour de spaghettis et de Chianti dans des restos italiens, Seth m'a pris la main et m'a dit qu'il était en train de tomber amoureux. Mon cœur a fondu. J'étais aussi en train de tomber amoureuse. Le lendemain, pendant ma pause déjeuner, j'ai vu Seth sur le trottoir d'en face. J'ai supposé qu'il me ramenait un expresso, comme il l'avait fait samedi dernier. Quand je lui avais demandé en quel honneur, il m'avait répondu « Parce que ». Aucun mec n'a jamais été aussi désintéressé. Il était probablement en route pour me revoir ! Mais quand j'ai regardé de plus près, j'ai vu qu'il tenait la main d'une fille... que je savais être son ex. J'étais sûre qu'il y avait une explication. Mais il est passé devant moi en silence. Je suis retournée travailler et j'ai pleuré dans la réserve à chaussures jusqu'à ce que mon manager vienne me crier dessus. Comment vendre des jeans skinny dans ces circonstances ? J'ai, frénétiquement, envoyé des messages à Seth pour lui demander des explications. Il m'a assuré qu'il me le dirait en personne. Plus tard, alors que ses yeux s'humidifiaient, j'ai supposé qu'il allait avouer qu'il était retourné avec son ex. Au lieu de cela, il a dit : « J'ai une tumeur au cerveau ».

Soudain, tout s'expliquait. Évidemment qu'il avait une tumeur au cerveau. C'est pour ça qu'il était avec son ex-copine. Elle était plus vieille et ils sont restés ensemble 2 ans. Elle sait probablement mieux gérer cette situation que moi. J'ai embrassé son front, le cœur brisé de savoir que l'amour de ma vie était en train de mourir. Seth m'a fait promettre de le dire à personne. Il était en dernière année et il déménageait à Los Angeles le semestre prochain pour un stage. Il se faisait opérer pendant les vacances d'hiver pour enlever sa tumeur. Il ne voulait pas que les gens le prennent en pitié. Quand Seth est parti pour la Californie, nos adieux furent larmoyants. Nous avons convenu de rester en contact, mais pas de rester ensemble. Ça faisait beaucoup. J'ai pleuré tous les jours en pensant à lui qui changeait d'école, commençait un stage, dans une autre ville à l'autre bout du pays, le tout avec une tumeur au cerveau.

Je parlais avec une copine de ma sororité qui était à Los Angeles avec Seth. Je n'ai pas pu m'empêcher de lui demander des informations concernant sa tumeur. Elle a ri : « Gabi, c'est le plus gros mensonge que je n'ai jamais entendu. Si Seth était en train de se remettre d'une tumeur au

GOÛT:	LOOK:	SON:	ODEUR:	RESSENTI:
Ce gros pot de yaourt glacé avec tous les toppings et tous les parfums, qui fait mal au ventre après	Pareil que quand tu es tombée amoureuse des années auparavant	*Edge of Desire* de John Mayer	Le musc d'un vieux livre, usé et aimé	L'anxiété de savoir s'il va te briser le cœur encore et encore

cerveau, il ne ferait pas autant la fête. »
J'avais le cœur brisé. J'ai ouvert une page Facebook appelée « Je déteste les menteurs » et chanté *I Will Survive* au karaoké à la moindre occasion. Mais au fond, j'étais dévastée et je me demandais si je serais un jour capable d'aimer à nouveau.

J'aimerais vous dire que c'est la dernière fois que j'ai parlé à Seth. Mais, deux ans plus tard, j'ai déménagé à Los Angeles et nous avons repris contact. Il s'est profusément excusé pour tout ce qu'il m'avait fait endurer. Il m'a assuré que ses sentiments pour moi étaient réels, mais qu'il n'était pas prêt pour une relation. Donc il a créé cet inexcusable mensonge pour justifier pourquoi il voyait encore son ex. Finalement, après avoir vu Seth plancher pour devenir une meilleure personne, j'ai accepté ses excuses et notre amour est devenu plus fort que cet insipide mensonge. Aujourd'hui, il est l'un de mes meilleurs amis.

Seth et moi nous sommes fréquentés pendant 10 ans. Il a eu des petites amies, j'ai eu des petits amis. Je compare encore tous les mecs que je date avec lui. Souvent, les mecs que je date ne m'acceptent pas pour qui je suis. Seth était (est !) la seule personne qui m'a toujours vue pour ce que j'étais et non pour l'image qu'il se faisait de moi. Au fil des années, il y a eu quelques moments d'espoir pour nous, mais il ne m'a jamais choisie. Quand je suis partie de Los Angeles pour déménager à Brooklyn avec mon petit ami, Seth était bouleversé. « Est-ce que tu vas épouser ce gars ? » m'a-t-il demandé. Je le pensais. Mais mon histoire d'amour new-yorkaise s'est terminée.
Je suis retournée vivre à Los Angeles. Je ne sais pas ce que le futur nous réserve. Bien que cela puisse sembler masochiste, parfois, au fond de moi, je me demande s'il est la personne qu'il me faut. Pour le meilleur et pour le pire, n'est-ce pas ? Même quand mes amis me rappellent constamment : « Gabi. Il t'a menti en disant avoir une tumeur au cerveau. » Ce qui était mal, mais après toutes ces années, je suis capable de pardonner le mensonge de Seth. Tant qu'il ne mentait pas sur le fait de m'aimer.

Réduire vs. réutiliser vs. recycler

Réduire

Limite les contacts.

Limite le nombre de fois où tu vas chez lui en sachant pertinemment que tu ne devrais pas.

Arrête de pleurer sur le fait que c'est « toujours pareil »

Limite le nombre de fois que tu regardes ses vieilles photos

Réutiliser

Trouve un autre usage au t-shirt qu'il a laissé chez toi. Maintenant, c'est un top de sport sympa bien échancré.

Laisse une chance à cet autre gars et arrête de le comparer à tu-sais-qui !

Réécris votre histoire d'amour. Concentre-toi sur ce qui a fait mal et non sur ce qui est superficiel.

Fais-toi de nouveaux souvenirs dans ton bar préféré, ton restaurant préféré ou n'importe quel autre lieu que tu associes à lui.

Recycler

Recycle la bouteille de vin que tu as bu hier soir alors que tu pleurais en pensant à lui.

Rappelle-toi, cette relation est dangereuse pour ton cœur, et difficile à recycler.

Évite de t'investir dans une relation toxique.

BOY BINGO

Vous vous remettez toujours, toujours, ensemble 	Tu dis aux gens que c'est ton Mr.Big 	Tu penses que vous allez finir ensemble 
Tu le stalks constamment sur les réseaux 	Free space! 	Tu lui as envoyé des messages quand tu étais bourrée un milliard de fois 
Tu le compares à tous les autres mecs que tu dates	Il t'a fait beaucoup pleuré au moins une fois à cause de lui 	Tu l'as aimé, et tu l'aimes sûrement encore 

Quiz

EST-CE QUE ÇA SERA DIFFÉRENT CETTE FOIS ?

Avez-vous déjà eu une conversation honnête et réfléchie sur ce qui a mal tourné, et comment ne pas le reproduire ?

- **A** On était ivres, mais je suis sûre qu'il s'en souvient !
- **B** Oui. Nous sommes tous les deux en thérapie ou en train de travailler sur nous-mêmes.

Êtes-vous tous les deux sur la même longueur d'onde sur ce que vous voulez et comment vous voulez que la relation évolue ?

- **A** Je nous vois nous fiancer dans un an. Lui, il n'est pas prêt à se marier prochainement, mais je suis sûre que si je suis patiente, il changera d'avis.
- **B** Nous sommes tous les deux prêts pour cette relation et nous voulons qu'elle évolue de la même façon.

Que pensent tes amis et ta famille de cette nouvelle tentative de relation ?

- **A** Ils sont fatigués d'entendre les mêmes histoires. Mais ça va être différent cette fois !
- **B** Ils sont contents de me voir heureuse et sont d'accord sur le fait que c'est différent cette fois. Mais s'il me fait du mal à nouveau, ils vont probablement « maudire le jour où il est venu au monde ».

Êtes-vous capables de laisser le passé derrière vous pour vous concentrer sur le présent ?

- **A** Totalement. Mais sérieusement, avec ce qu'il a fait la dernière fois ? Au fond, j'ai peur qu'il recommence.
- **B** Nous ne parlons qu'au présent et c'est super.

Lui fais-tu confiance ?

- **A** Pas vraiment !
- **B** Oui. Je suis passée au-dessus de ce qu'il s'est passé avant et je suis prête pour un nouveau chapitre !

Plus de A

On dirait que vous traînez encore des casseroles du passé qui vont rendre difficile la relation. La communication est la clé. Assure-toi que vous êtes tous les deux sur la même longueur d'onde. Parlez de ce que vous attendez de cette relation avant de vous relancer.

Plus de B

On dirait que vous avez tous les deux muri et que vous partagez vos sentiments et vos attentes ! Un changement s'est opéré, le passé est passé et ça pourrait marcher cette fois-ci. Continuez à être honnêtes et à communiquer. Les choses pourraient vraiment être différentes cette fois-ci !

L'avis de l'autre

Le mec que j'ai *daté* : Seth, 33 ans, 8 ans de relation (inconsistante)

Ça me rend triste de savoir que la majorité de notre relation tourne autour de la tumeur au cerveau alors que c'était tellement plus profond que ça. Quand tu tiens à quelqu'un — et que tu ne fais que revenir vers elle — je pense qu'il faut avoir une vraie conversation sur ce qu'il se passe et savoir où se situe l'autre en termes de sentiments. Si la personne est un amant ou un ami, elle t'écoutera et sera ouverte à une relation. Si elle ne t'écoute pas, alors la relation n'en vaut pas la peine. Tous les problèmes sont dus à la mauvaise communication et à la malhonnêteté.

Le couple : Shawn et Jared, 26 ans, 3 ans de relation

Il faut vraiment se demander si le stress dû à l'instabilité de la relation en vaut la peine. Si tu n'es pas à 100 % sûr de la personne, des fois il est préférable de tourner la page. Ça ne fait pas de toi la « mauvaise personne » dans l'histoire, ça veut juste dire que tu t'éloignes de quelqu'un qui te rend anxieux.

Tu mérites quelqu'un qui te fait te sentir déterminé à faire fonctionner les choses. Tous les couples ont leurs bas, mais en fin de compte, c'est le fait de savoir si cette personne vaut la peine de surmonter toutes les difficultés qui font qu'on continue. Si tu n'es pas sûr qu'elle en vaut la peine, suis ton instinct et tu sauras si quelque chose ne va pas.

L'experte : Rachel Russo, thérapeute pour couples et familles, marieuse et coach en relation, autrice du livre *How to Get Over Your Ex: A Step by Step Guide to Mend a Broken Heart - Italian American Style*

De la part de quelqu'un qui s'est remis de nombreuses fois avec ses ex (il y en a même un avec qui je pourrais me remettre en ce moment même), il faut essayer de comprendre ce qui s'est mal passé dans la relation et ce qui a changé. Est-ce que ça sera différent cette fois ? Pour beaucoup, cela nécessite une thérapie (pour un ou les deux partis) et un véritable plan d'action. Si aucun des deux n'est prêt à changer, alors ça ne fonctionnera pas. Il faut traiter la relation comme si elle était nouvelle. J'ai vu trop de personnes passer trop de temps sur une seule personne et avoir de faux espoirs.

5

LE MEC QUI A UNE DATE D'EXPIRATION

RENCONTRÉ EN VACANCES

TU DÉMÉNAGES

MONSIEUR MAINTENANT-TOUT-DE-SUITE

Quand j'étais en deuxième année à la fac, mon petit ami Ryan et moi avions une chanson. C'était *Slow Dancing in a Burning Room* de John Mayer. Il ne savait pas que ça parlait d'une relation qui a foiré. Je le savais, mais j'étais trop excitée à l'idée d'avoir un copain qui accepte d'avoir pour chanson de couple une qui soit de mon chanteur préféré de tous les temps.

En ayant grandi dans le Connecticut au début des années 2000, je pensais être condamnée à finir avec un certain type de mecs. Il aurait les cheveux en bataille, porterait des chemises bleu électrique et des colliers en coquillages. Il sentirait le centre commercial, entre l'odeur du magasin Abercrombie & Fitch et les cinnamon rolls tout juste sortis du four. Quand j'ai rencontré Ryan, j'étais vraiment soulagée qu'il ne ressemble pas à ça. Il était grand, avec des manières du Midwest et des cheveux qui balayaient son visage comme ceux de Jim Halpert.

Lors de notre premier date, autour d'huîtres, j'ai beaucoup aimé Ryan : la façon dont il riait à toutes mes blagues, ses yeux brillants sous ses cheveux en bataille, et son sourire parfait éclairé par les bougies du restaurant. Je ne sais pas si ce sont les huîtres et leur pouvoir aphrodisiaque ou son odeur de brise marine et bois de santal, mais quand il m'a embrassée, nous nous sommes sentis comme un seul être, malgré le fait qu'on ait peu en commun.

Ryan venait d'emménager à Boston pour un job dans la finance. Peu importe la saison, il portait des chemises bleu clair. Il suivait le sport, aimait la bière et aimait tout ce qui concernait Beantown – de ses bars miteux à ses rues pavées.

Quant à moi, j'avais juste envie de quitter Boston et de trouver un job à Los Angeles. Peu importe la saison, je portais des talons. Je détestais le sport, la bière et Beantown. Surtout le fait que ça s'appelle « Beantown ».

Une nuit, nous sommes entrés par hasard dans une épicerie et nous sommes tombés sous le charme d'un bocal poussiéreux de citrons marinés. Nous ne pouvions pas nous arrêter de rire de ce condiment bizarre. À travers mes larmes de rire et ses gloussements tonitruants, je me suis retrouvée à tomber profondément amoureuse de Ryan.

Mais malgré mon amour pour Ryan, j'étais occupée à penser à l'université et à partir de Boston aussi vite que possible. Je savais que je devais choisir entre Ryan et ma carrière, et ma carrière allait inévitablement gagner.

Un jour, Ryan m'a dit qu'il devait aller à Abercrombie & Fitch pour se racheter

GOÛT:	LOOK:	SON:	ODEUR:	RESSENTI:
Lait périmé	Ressemble à quelqu'un que tu as connu	Le « bipbip » d'un chronomètre	Comme si tu devais jeter un truc de ton frigo, mais tu ne sais pas quoi	Il te manque alors qu'il est en face de toi

du parfum. Je pensais qu'il plaisantait, mais pas du tout. Rapidement, j'ai compris que son odeur familière de brise marine et bois de santal de notre premier date était en fait l'odeur du magasin Abercrombie. Peut-être que ces phéromones fonctionnent vraiment.

En dernière année, Ryan était supposé m'aider, avec mes parents, à déménager d'un appartement à un autre. Mais, la veille du déménagement, il a décidé d'aller aux Hamptons avec des amis. Mes parents étaient énervés. J'ai réalisé qu'il était préférable de tout arrêter maintenant et de passer ma dernière année concentrée sur moi-même. Ça n'avait pas de sens de rester dans une relation où je grandissais et pas lui. Surtout que la relation allait inévitablement se terminer deux mois plus tard, quand j'aurai déménagé à Los Angeles.

Donc j'ai rompu, en disant que j'avais besoin de me concentrer sur ma dernière année. Ryan avait le cœur brisé, mais il a compris. Quelques mois après, il m'a envoyé un mail en avouant : « Il n'y a pas eu un jour durant lequel je n'ai pas pensé à toi ». Et je pensais à lui aussi.

Quand j'ai déménagé à Los Angeles, il m'a envoyé un message : « Si l'argent n'était pas un problème, est-ce que tu envisagerais d'emménager avec moi dans l'Iowa et d'un jour nous marier ? ». Je voulais voler jusqu'en Iowa, lui faire un câlin et lui ramener un bocal de citrons marinés, mais au fond je savais que Ryan n'allait plus avec ma vie. Donc, je lui ai dit la vérité : j'ai déménagé à Los Angeles pour ma carrière, pas pour trouver un mari.

C'était il y a 10 ans. Aujourd'hui, il vit dans l'Iowa, il est marié, avec une famille à lui. Honnêtement, je suis heureuse pour Ryan. Après chaque rupture, je pense à ce que ma vie aurait été si je m'étais mariée avec lui. Puis je pense à quel point ma vie est joyeuse et remplie aujourd'hui, et je ne regrette rien. Aussi difficile que cela soit, il faut parfois accepter la date d'expiration dans la vie sentimentale. Tout comme on n'a jamais goûté ce pot périmé de citrons marinés, il y a des moments où on ne peut pas être tenté de donner un autre goût à une relation qui est terminée.

Comment faire fonctionner la relation après la date d'expiration

S'encourager mutuellement à poursuivre nos objectifs, physiques et mentaux. Ils peuvent être petits (comme manger végétarien pendant une semaine) ou plus gros (comme s'entraîner pour un marathon à deux).

Être aventureux, au lit, mais aussi dans la vie. Sortir de notre zone de confort, briser les schémas, tester de nouvelles choses.

Laisser de la place à l'autre, du temps rien qu'à cette autre personne, quand vous pouvez. Parfois, un peu de distance peut aider la relation à évoluer et à s'épanouir.

Célébrer en grand les petites choses. Porter un toast à chaque accomplissement, qu'il soit personnel ou lié au couple.

Admettre avoir tort et ne pas avoir peur de s'excuser. Ne pas être en compétition. Se rappeler que vous êtes une équipe.

Se rappeler d'être romantique, de temps en temps. De faire des actions attentionnées « juste parce que ».

Faire en sorte que les amis de l'autre se sentent accueillis. Pas d'obligation de les aimer, mais de les respecter, oui !

Encourager l'autre ! À atteindre ses objectifs, par exemple. Toujours offrir un soutien et des solutions (pas des critiques).

BOY BINGO

Tu l'as rencontré en vacances 	Il déménage 	Tu déménages aussi 
Vous êtes devenus trop différents 	Free space ! 	Vous allez bientôt entrer dans une relation longue distance 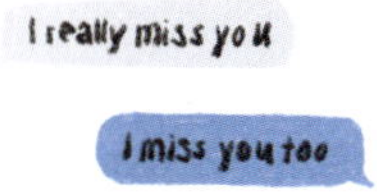
Vous vous êtes dit au revoir un nombre incalculable de fois, mais vous tenez	Vous voulez des choses différentes dans la vie 	Tu sais qu'il n'y a pas d'avenir 

Quiz

EST-CE QUE ÇA VA MARCHER SUR LA DURÉE ?

Depuis que vous avez commencé à sortir ensemble, avez-vous fait des changements positifs ?

A Oui ! Nous grandissons vraiment ensemble.

B Pas vraiment. Parfois, je sens que je grandis, mais que mon partenaire reste le même.

Quand tu t'imagines le perdre, comment te sens-tu ?

A Dévastée. Je ne peux pas imaginer ma vie sans lui. Ça serait comme si j'avais perdu une part de moi-même.

B Je serais triste, mais bon, je survivrais.

Quand vous vous disputez, qu'est-ce qui semble le plus important ?

A Arriver à un compromis ou une solution à notre problème.

B Avoir raison.

Est-ce que l'un soutient davantage l'autre ?

A On se soutient mutuellement de manière égale.

B Ouais...

Comment vous vous sentez quand vous êtes séparés ?

A Bien ! Nous communiquons très bien.

B On se dispute. Mais c'est bien quand on est ensemble !

Plus de A

Il semble que vous avez une base solide pour faire fonctionner les choses. Votre date d'expiration n'est peut-être qu'un obstacle sur la longue route de votre relation.

Plus de B

Si tu veux que les choses marchent, vous allez tous les deux devoir faire des changements. Souviens-toi, les relations, c'est du travail, et vous devez tous les deux vous investir. Donc, à moins que vous soyez d'accord sur le fait d'avoir une date d'expiration, commencez au moins à avoir des conversations honnêtes.

L'avis de l'autre

Le mec que j'ai *daté* : Ryan, 35 ans, 9 mois de relation

C'était un peu difficile de lire ça. Je ne veux plus en parler. J'espère que ton livre sera un succès.

Le couple : Monica, 30 ans et Miguel, 36 ans, ensemble depuis 8 ans

Je venais d'être diplômée et je m'apprêtais à déménager en Espagne pour enseigner l'anglais. La dernière chose que ma mère m'a dite quand elle m'a déposée à l'aéroport était : « Ne tombe pas amoureuse. Souviens-toi que tu dois revenir à la maison. »

J'ai rencontré Miguel, mon mari depuis 8 ans, la première nuit en arrivant en Espagne. Je n'avais pas vraiment d'avis sur lui, mais j'appréciais son assurance. Nous étions amis, puis nous avons commencé à sortir ensemble. Un an après notre rencontre, il m'a dit qu'il ne voulait pas que je sorte de sa vie. Il m'a dit qu'il m'aimait et qu'il aimerait se marier, si je le voulais. Nous nous sommes mariés 16 mois après notre rencontre. Notre date d'expiration a créé un sentiment d'urgence. Ça nous a amenés à un carrefour. Ma vie a changé dès que je lui ai dit oui. Ça fait 8 ans et nous avons deux enfants maintenant.

Crois ton instinct. Imagine que cette personne n'est plus dans ta vie. Comment le vivrais-tu ? Est-ce que tu te sens comme si tu perdais une partie de toi-même ou juste la personne te manquerait ? Parfois, on est avec quelqu'un, car on n'a pas assez de confiance en soi pour sortir de nos zones de confort. Sois proactif dans l'amour et dans ce que tu penses être le meilleur pour toi. Si quelque chose ne va pas, alors pourquoi es-tu encore avec cette personne ? Utilise la date d'expiration comme une deadline pour décider si oui ou non tu souhaites continuer ta vie avec cette personne.

L'experte : Mme Honeycutt, ma conseillère d'orientation au lycée

Je ne pense pas qu'on puisse « faire fonctionner une relation ». Soit ça marche, soit ça ne marche pas. De mon point de vue, une femme ne devrait jamais faire de compromis pour un homme. Pensez à Ruth Bader Ginsburg. Son mari s'est relocalisé à Washington pour qu'elle saisisse des opportunités. Il faut du respect mutuel. La plupart du temps, les relations de lycée se terminent naturellement quand les deux partis s'en vont dans des universités différentes ou ont des projets différents. Sois fidèle à toi-même. C'est important dans la vingtaine d'évoluer en la personne que l'on va devenir. Le cerveau humain ne se développe pas complètement avant l'âge de 25-26 ans, donc beaucoup des décisions qui sont faites avant cette période ne sont pas toujours les meilleures.

6

LE MEC QUI EST DIRECT DEVENU TON COPAIN

SOUDAIN, VOUS ÊTES À IKEA

FACILE À ASSEMBLER ET À DÉFAIRE !

VITE ! C'EST QUOI DÉJÀ
LE NOM DE SES PARENTS ?

Henry et moi étions à la recherche d'une robe patineuse rose pêche et d'une veste en cuir pour homme. Nous allions nous déguiser en Jennifer Crey et Patrick Swayze de *Dirty Dancing*, version zombie. C'était trop tôt. Pas seulement pour un costume de couple (nous nous voyions seulement depuis 1 mois), mais parce que c'était Halloween 2009. Patrick Swayze était mort seulement un mois auparavant et la carrière de Jennifer Grey, comme le suggère notre blague, était morte (c'était avant son triomphant retour dans *Danse avec les stars* en 2010).

« Trop tôt » était le thème de notre relation. Mais on s'est sentis immédiatement à l'aise, avec Henry. Il avait le visage d'un petit garçon tout droit sorti d'une illustration de Norman Rockwell : sincère, fiable et émerveillé. Nous étions tous les deux en cursus théâtre, donc une grande partie de notre relation ressemblait à une pièce de théâtre. Nous jouions à « oui, et… » jusqu'à devenir petit copain et petite copine. « Oui, et… » est une règle d'or de l'improvisation comique. Ça consiste à toujours accepter ce que ton camarade de scène dit (oui) et ensuite agrémenter (et…). « Oui, et… » peut être bien dans une relation, à condition de garder les pieds sur terre. Henry et moi n'avions pas les pieds sur terre. Pour preuve, quand je lui ai demandé si on était exclusifs, il a dit : « Oui, et… on devrait le publier sur Facebook ! ». Et c'est comme ça qu'Henry et moi sommes passés d'étrangers à « en relation sur Facebook » en moins d'un mois. Maintenant, tu n'auras jamais à prendre des cours d'impro ! Je t'en prie !

Quand j'ai emménagé dans mon premier appartement à Los Angeles, Henry était non seulement d'accord pour m'accompagner chez Ikea, mais également pour m'aider à monter mes meubles. Alors qu'on était en train d'assembler mon cadre de lit Leirvik, je me suis rendu compte que je ne connaissais pas la nourriture préférée d'Henry. Ou ce qu'il voulait devenir en grandissant. Notre relation empruntait la voie rapide depuis deux mois et je ne connaissais pas vraiment Henry.

Plus j'en apprenais sur lui, plus je savais que nous n'étions pas compatibles. La majorité de notre relation ne tournait qu'autour de nous deux. Tous les deux, ça avait du sens, mais pas dans le monde extérieur. Alors que nous poursuivions notre cursus théâtre, nos sens de l'humour ne collaient plus. Puis j'ai commencé à remarquer d'autres choses qui

GOÛT:	LOOK:	SON:	ODEUR:	RESSENTI:
Plat préparé passé au micro-ondes, pas complètement dégelé, mais tu as tellement faim que tu le manges quand même.	Chaud, rassurant et confortable	Le bruit des voitures de course	Les pièces d'un meuble pas encore assemblé	Comme un oreiller en forme de mec, sauf que c'est un vrai !

ne coïncidaient pas, comme nos amis, nos goûts musicaux ou notre nourriture préférée. La seule chose qu'on avait en commun, c'est qu'on souhaitait tous les deux aimer quelqu'un.

Après quelques temps séparés pour un voyage professionnel, j'ai réalisé que je devais rompre avec Henry. J'ai donc enfilé ma meilleure tenue de rupture, ce qui demande beaucoup d'accessoires pour coller au « c'est pas toi, c'est moi ». Évidemment que c'est moi ! Je porte deux ceintures ! Il l'a étonnamment bien pris. Alors qu'il m'enlaçait, les yeux larmoyants, pour me dire au revoir, il me posa une question cruciale : « Qu'est-ce qu'on va faire pour le statut sur Facebook ? ». Je lui ai dit que vu qu'on ne sortait plus ensemble, on ferait mieux de l'enlever. Il m'a dit que je pouvais le faire, quand je serai prête.

Plus tard, je suis rentrée à la maison, me suis connectée sur Facebook pour voir que je n'étais en relation avec... personne ? Il avait rompu sa promesse, m'avait supprimée de ses amis et bloquée. Ce qui n'était pas plus mal. Déjà, je ne connaissais pas vraiment Henry, donc j'ai finalement toujours été en relation sur Facebook avec personne.

Quand j'ai écrit cette histoire, j'ai contacté Henry sur LinkedIn (le seul endroit où il ne m'avait pas bloquée). Il a bien plus de succès que moi, et je suis contente pour lui. Non seulement dans le travail, mais aussi dans la vie. Il m'a dit qu'il était marié depuis 5 ans (pendant que moi je n'arrive pas à tenir une relation plus de 5 mois). Je suis heureuse d'être sortie avec Henry. Être avec lui m'a rappelé à quel point il était important de vraiment connaître la personne avec qui tu es avant de rendre les choses officielles. Votre petit ami tout frais et le meuble Ikea peuvent durer, mais seulement si tout est assemblé correctement.

Les signes qui montrent que tu devrais ralentir

L'un d'entre vous — ou les deux — a encore beaucoup de travail à faire sur soi-même. La personne vient peut-être de sortir d'une relation, et elle n'a pas pris le temps de prendre du recul et de faire le travail nécessaire pour passer à autre chose.

Vous êtes inséparables. Toutes vos autres relations sont sacrifiées parce que vous passez trop de temps ensemble et dépensez trop d'énergie l'un pour l'autre. Même quand vous n'êtes pas ensemble, tu n'es pas présente. Tu restes accrochée à ton téléphone pour parler avec ton nouvel amour.

Après peu de temps, vos vies sont déjà entrelacées. Vous êtes toujours l'un chez l'autre et vous avez déjà envisagé d'emménager ensemble. Vous ne sortez ensemble que depuis 2 mois.

Tes amis et ta famille sont sceptiques. Ils voient peut-être des *red flags* que tu ne vois pas. Ils voient aussi que ça va trop vite.

Tu dis « je t'aime », mais tu n'es pas encore sûre de l'aimer. Le dis-tu pour être polie ? Le connais-tu vraiment ? Tu auras peut-être besoin de plus de temps pour connaître cette personne avant de passer l'étape du « je t'aime ».

BOY BINGO

Vous vous fréquentez depuis moins d'un mois et vous êtes déjà ensemble

Vous êtes inséparables

Vos démonstrations d'affection mettent les autres mal à l'aise

Vous avez rencontré vos familles respectives

Free space!

Vous vous donnez déjà des petits noms comme « Bébé », « Chaton » et/ou « Choupinet »

Vous faites dans brunchs sans alcool, donc en fait des petits-déjeuners

Vous postez souvent des photos de l'autre

Vous avez plus d'une brosse à dents chez l'autre

Quiz

EST-CE TROP TÔT ?

Combien de moments « rien qu'à vous » avez-vous dans la relation ?

Ⓐ Aucun ! Nous passons tout notre temps ensemble et j'adore ça ! Qui a besoin de moments à soi quand on peut avoir des moments à nous ?!

Ⓑ Assez. Nous pensons que c'est important pour chacun d'avoir nos propres expériences et de grandir aussi hors du couple.

Sois honnête, pourquoi es-tu dans cette relation ?

Ⓐ Je voulais vraiment un petit copain, et il était là ! L'amour arrive quand tu t'y attends le moins, pas vrai ?

Ⓑ Je ne cherchais pas à me mettre en couple, mais mon copain a vraiment été incroyable et m'a soutenu. L'amour arrive quand tu t'y attends le moins, pas vrai ?

Ta meilleure amie a un ticket en trop d'un concert complet de ton groupe préféré. Tu fais quoi ?

Ⓐ Oh, je dois dire non. Je ne peux pas laisser mon copain tout seul !

Ⓑ Go ! Quand cette opportunité se représentera-t-elle ? Mon copain s'en remettra !

Depuis combien de temps êtes-vous ensemble ?

Ⓐ Moins de 3 mois, mais j'ai vraiment l'impression que c'est la bonne personne !

Ⓑ Plus de trois mois

Parlez-vous souvent du futur ?

Ⓐ Pas beaucoup, mais on s'aime et on va faire en sorte que ça marche. On a juste besoin d'amour et d'eau fraîche, non ??

Ⓑ Beaucoup. On sait tous les deux ce qu'on veut dans la vie, nos espoirs et nos rêves sont alignés.

Plus de Ⓐ

C'est trop tôt ! Ça ne veut pas dire que la relation ne va pas fonctionner, essaie juste de ralentir. Si vous pouvez construire des fondations solides, alors ça peut marcher. Essayez de passer du temps seuls. Ça rendra les choses plus spéciales quand vous vous verrez.

Plus de Ⓑ

On dirait que vous ave[z] donné à cette relation une base solide et de l'espace pour respirer. Tout cela semble sain jusqu'à présent. Continuez comme ça, et rappelez-vous que les relations demandent du travail.

L'avis de l'autre

Le mec que j'ai *daté* : Henry, 32 ans, 2 mois de relation

Gabi a rompu avec moi après que je suis allé la chercher à l'aéroport. C'est la dernière fois que nous nous sommes parlé... jusqu'à ce qu'elle m'envoie un e-mail pour ce livre.

Couple : Jessie et Nathaniel, 34 ans, ensemble depuis 5 ans

Nathaniel et moi sommes mariés 5 mois après notre rencontre, je suppose que ça fait de lui mon mari instantané ! Nous voilà 5 ans plus tard, avec un bébé et nous ne pourrions pas être plus heureux. C'est facile de se faire embarquer par le côté romantique d'une relation stable et de ne pas considérer les aspects pratiques ou, pire, de décider d'ignorer les *red flags* pour faire vivre le conte de fées. Même si nous avons foncé à l'autel, nous avions au préalable parlé de religion, d'enfants (combien et comment les élever), d'évolution de carrière, de valeurs, de dynamiques familiales, de finances, de comment gérer les tragédies de la vie, de nos désirs de voyages, et de l'endroit où nous voulions acheter ou construire une maison. Nous allions marcher ou randonner et parler pendant des heures. J'ai réussi à me sentir plus proche de lui en quelques mois que je n'ai réussi avec d'autres personnes pendant des années et, quand nous avons passé le cap, je savais, pas seulement à l'instinct (« quand tu sais, tu sais »), mais de manière pratique que nous étions sur la même longueur d'onde sur ce qu'on voulait dans le futur. Crois en toi et parlez-en jusqu'à épuisement, et quand quelqu'un se montre tel qu'il est, crois-le.

L'expert : Will Siu, psychiatre

Beaucoup de personnes privilégient l'attachement à l'authenticité. Nous vivons dans un monde occidental qui a vu des relations de moins en moins sincères et a évité la tradition, et nous avons vu les parents passer moins de temps avec leurs enfants en raison de leurs ambitions professionnelles. Ces modèles sociétaux (entre autres) ont créé des adultes émotionnellement immatures qui ont des difficultés à établir des relations authentiques avec les autres. Dans la théorie des relations entre objets, la pulsion de la psyché à la recherche de compensations/réparations pour d'anciennes relations douloureuses peut conduire à des modèles de relations amoureuses malsaines ou apparemment irrationnelles plutôt qu'à des liens authentiques pour essayer de surmonter la douleur psychique inconsciente des relations d'objet immatures et précoces. L'attirance précoce, puissante et inexplicable pour des partenaires que nous connaissons à peine peut souvent être le signe d'une priorité accordée à la réparation de l'attachement au détriment de liens authentiques.

7

LE MEC QUI T'ENVOIE « HEY » À DEUX HEURES DU MATIN

ENVOIE DES DICK PICS

SLIDE DANS TES DMs

PAUVRE ? (NE T'EMMÈNE JAMAIS EN DATE)

J'ai finalement convaincu Josh de m'emmener bruncher. Nous sortions ensemble depuis environ deux semaines, mais je ne l'avais encore pas vu à la lumière du jour. Je commençais à me demander si ce n'était pas un vampire. C'est peut-être pour ça qu'il aimait tant *Buffy contre les vampires* ?

Le plan était qu'on aille bruncher puis qu'il me ramène à la maison. J'étais un peu surprise quand il s'est garé sur le parking d'un centre commercial. Puis je me suis rappelé que les meilleurs restaurants de sushi à Los Angeles étaient dans des centres commerciaux. Peut-être que c'était la même chose pour les brunchs ?

De là, nous sommes rentrés dans un Chipotle. Mon cœur a sombré. Ce n'était pas le long brunch avec des œufs Bénédicte et mimosas à volonté que j'imaginais. Mais je me suis dit que les burritos et les Coronas pouvaient compter comme un brunch. Jusqu'à ce que je vois que Josh avait commandé son burrito bowl à emporter. Je n'ai rien pris. C'était trop tard. Mes rêves de brunch étaient brisés, comme la coquille des œufs en omelette que je n'aurais jamais avec Josh.

Ça n'a pas toujours été comme ça. Josh avait été mon ami, qui me faisait mourir de rire, qui me demandait comment s'était passé ma journée, qui me soutenait. Au fond, j'avais un *crush* sur Josh. J'aimais que nos conversations ressemblent à une partie de ping-pong interminable. Je trouvais son style – jeans, Converse et t-shirts imprimés – idéal. Quand Henry (le copain instantané) et moi avons rompu, Josh m'a payé des bières dans un bar à néons. Nous nous sommes embrassés. Tout ce moment ressemblait à un passage dans *Quand Harry rencontre Sally*, quand on voit que les hommes et les femmes (quand ils sont tous les deux attirés l'un par l'autre) ne peuvent pas être amis.

J'étais confuse vis-à-vis de ce qu'il était en train de se passer. C'était un gars qui était devenu mon ami et, maintenant, j'étais attirée par lui et lui par moi. On devrait donc sortir ensemble, non ?

Non. Josh ne pouvait pas être plus clair quand il disait qu'il ne voulait pas de copine. Mais à chaque fois qu'on était tous les deux disponibles, on ne pouvait pas s'empêcher d'être ensemble. Notre alchimie était tellement forte !

Rapidement, Josh a arrêté d'être l'ami qui me demandait comment se passait ma journée à 2 heures de l'après-midi et est devenu le mec qui m'envoyait « hey » à 2 heures du matin.

Josh avait un tel pouvoir sur moi quand il m'envoyait ces trois lettres : tout en

GOÛT:	LOOK:	SON:	ODEUR:	RESSENTI:
Pizza que t'achètes à deux heures du matin	Photo de profil avec une fille, de toute évidence, coupée de la photo	Un barman criant « dernier service ! »	Transpiration et autre odeur corporelle après une soirée	Désirée mais insatisfaite

minuscule, sans ponctuation, à la dernière minute. Je répondais tout le temps présente. Si je ne buvais pas, je conduisais avec un réservoir d'essence vide, et je devais faire l'essence de la honte le matin. À chaque rencontre, j'espérais prouver quelque chose à Josh. Prouver que je méritais toute son attention.

J'ai vite réalisé que, pour Josh, je serais toujours un plan cul et jamais une petite amie. J'étais contrariée au début. Mais j'ai fini par l'accepter. Dans ma tête, Josh serait toujours célibataire, rassurant et constant. Il vivrait toujours dans le même appartement 2 pièces, continuerait à regarder Buffy, sans jamais une barrette à cheveux dans les parages pour prouver qu'il avait une autre fille dans sa vie.

Quand j'ai envoyé cette histoire à Josh, j'étais choquée qu'il me rappelle immédiatement après l'avoir lue. Et il était 17 h 30 ! Durant les 8 ans où Josh et moi nous sommes vus de manière non exclusive, je crois que nous ne nous sommes jamais appelés. « Tu détestes », j'ai soupiré. Il a ri. « Non ! Je ne déteste pas. Je suis désolé. Je suis vraiment désolé sur ce que je t'ai fait endurer toutes ces années. J'étais vraiment con. » Mon cœur a loupé un battement. Enfin, la validation dont j'avais besoin, huit ans trop tard.

Avec le recul, le mec qui t'envoie un « hey » à 2 heures du mat' peut être fun, surtout quand vous êtes sur la même longueur d'onde. Si tu veux plus, sache que tu mérites mieux qu'un « hey ». Sache que tu mérites un petit copain, un brunch, et un mec qui accepte de sortir à la lumière du jour. Tu ne le vois peut-être pas encore, mais il y a un mec quelque part prêt à t'envoyer un message à 2 heures du matin pour te demander comment était ta journée.

Messages fun et dragueurs à envoyer pour qu'il vous réponde

Attention, certains messages peuvent être cruels : utiliser avec précaution.

Tu viens chez moi ?

Hey, euh… c'est quand la dernière fois que tu t'es fait tester ?

Appelle-le en Facetime. Il ne répondra peut-être pas, mais il t'enverra sûrement un message pour vérifier que tout va bien. Ça marche aussi si tu l'appelles normalement.

J'ai du vin !

J'ai trouvé un  / . Viens !

Pour info… j'ai pas mes règles.

BOY BINGO

Vous ne sortez jamais de jour 	Vous ne vous envoyez jamais de messages en étant sobres 	Vous ne faites jamais de plans pour sortir 
Il t'a envoyé au moins une *dick pic* 	Free space! 	C'est principalement sexuel 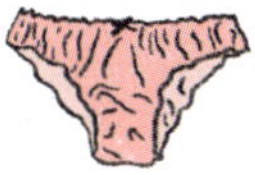
Vous n'êtes jamais allé en date 	Tu n'as jamais vu ses amis, mais tu sais qu'il en a	Ça ne demande pas beaucoup de travail et c'est cool 

Quiz

PEUX-TU TRANSFORMER TON PLAN CUL EN PLAN CŒUR ?

Votre relation a-t-elle commencé de manière purement sexuelle ?

- **A** Oui…
- **B** On était amis au début, puis on est devenu *sexfriends*.

Vous êtes-vous déjà vus sobres et/ou sans coucher ensemble ?

- **A** Est-ce que le matin quand il s'en va, ça compte ?
- **B** Oui, tout le temps !

Est-ce qu'il voit d'autres personnes ?

- **A** J'en suis presque sûre, mais on n'en parle pas. L'ignorance fait le bonheur !
- **B** Oui, comme moi. Nous sommes très honnêtes et transparents l'un avec l'autre.

A-t-il déjà eu des relations sérieuses ? Est-ce qu'il a l'air de pouvoir en avoir ?

- **A** Pas sûr.
- **B** Il a eu des relations sérieuses, et il m'a fait comprendre qu'il était prêt à en avoir encore.

As-tu essayé de lui parler de ce que tu veux ?

- **A** Oui, mais je n'ai pas obtenu de vraies réponses et/ou il change de sujet.
- **B** Oui et il m'écoute. J'ai l'impression qu'il me respecte vraiment.

Plus de A

Votre communication et votre honnêteté ne semblent pas idéales, alors qu'il s'agit vraiment des clés pour transformer une relation « décontractée » en relation sérieuse. Essaie d'avoir une conversation avec lui sur ce que tu veux, mais sois prête à entendre que les choses lui conviennent ainsi. Tu ne sauras pas tant que tu n'auras pas demandé !

Plus de B

Ça semble prometteur, mais parlez-en quand même ! Tu ne sauras pas tant que tu n'auras pas demandé. Essaie de sav[oir] si vous voyez les choses de la même manière. Attention à bien écoute[r] et à ne pas entendre que ce que tu veux bien entendre. Et dis aussi ce que tu as à dire.

L'avis de l'autre

Le mec que j'ai *daté* : Josh, 34 ans, plan cul non régulier pendant 8 ans

Je suis vraiment désolé que tu aies vécu tout ça. Je ne me doutais pas que nous n'étions pas du tout sur la même longueur d'onde. Toutes mes excuses. Et, tu sais ce qui est étrange ? Je viens juste de commencer à reregarder *Buffy contre les vampires*. Toujours aussi bien.

Le couple : Kristen, 32 ans et Niko, 31 ans, ensemble depuis 6 ans (officiellement)

N'aie pas peur de parler de tes sentiments et ne joue pas. Ça n'en vaut pas la peine. Ma mère m'a toujours dit : « Si tu aimes quelqu'un, ne sois pas effrayée de l'admettre. Qu'est-ce qu'il peut arriver de pire ? Tu découvres qu'il ne t'aime pas ? C'est mieux que de ne pas savoir et de perdre ton temps. Si tu veux lui envoyer un SMS, envoie-lui un SMS. Qui se soucie de qui a envoyé le dernier message ? ». Nous avons fait fonctionner notre relation, car nous étions ouverts dès le début — dès que quelque chose nous dérange ou que nous sommes mal à l'aise dans une situation, nous en parlons immédiatement. Toujours ouverts et honnêtes. Peut-être trop honnêtes. Je pense que nous savions dès le début que nous étions faits l'un pour l'autre. Au fond, je me suis toujours sentie en sécurité avec Niko. Tout s'est passé de manière naturelle et rien n'a été forcé. — Kristen

Sois patiente. Point. Nous n'avons plus aucune patience pour rien de nos jours et je pense que cela explique pourquoi beaucoup de personnes trouvent difficile de construire et de maintenir des relations. Mais la vérité, c'est que tout repose sur le processus et l'évolution. Respecter l'autre et ses besoins est le plus important. — Niko

L'expert : Anthony Recenello, coach en relations

Je pense qu'on apprend aux femmes qu'un gars veut soit une relation, soit un plan cul. Et si tu te mets dans la catégorie plan cul, alors tu perds ta chance d'avoir plus un jour. Si deux personnes ont énormément d'alchimie, ils peuvent tous les deux développer un attachement envers l'autre. Concentrez-vous sur la joie que vous vous procurez et à quel point vous êtes connectés. Quand un mec t'envoie « hey » à deux heures du matin, ça ne veut peut-être rien dire. Il peut être ivre dans un bar et veut quelqu'un dans son lit quand il rentre. Mais ça peut aussi vouloir dire qu'il a voulu t'envoyer un message toute la journée et qu'il a enfin eu le courage de le faire après quelques verres. N'y réfléchis pas trop. Il n'y a pas de méthode infaillible pour gagner le cœur d'un homme. Les hommes, comme les femmes, ont des préférences. Voilà ce que tu peux faire, et c'est ce que j'enseigne à mes clients avec mon « Soulmate Method Program ». 1. Écris tous les critères que tu souhaites chez une personne. 2. Trouve et ensuite dirige-toi vers ces types d'hommes uniquement. 3. Élimine tous les hommes qui montrent des *red flags*. 4. Reste complètement positive et confiante tout au long du processus.

8

LE MEC BEAUCOUP PLUS VIEUX

DADDY, DANDY

OU *DADDY ISSUES* ?

Notre premier date eut lieu dans un restaurant italien qui projetait des films de Fellini sur le mur sur un fond de musique techno (un authentique restaurant italien, quoi). Autour d'une assiette de bucatini et un verre de vin Grenache, j'étais fascinée par Robert. Il avait quelque chose de latent et de mystérieux chez lui, comme un acteur de la CW. Il m'impressionnait avec son amour et son goût pour les films (je n'avais pas encore réalisé que c'était un trait commun aux hommes d'Hollywood), et je l'impressionnais avec mon amour et mon goût pour la nourriture (je savais que c'était un trait commun aux femmes d'Hollywood).

Après le dîner, nous sommes allés dans son bungalow où il m'a fait la sérénade en jouant *Blackbird* à la guitare. J'ai chanté avec lui, et quand il s'est approché pour m'embrasser, je lui ai demandé son âge. Il m'a dit qu'il avait 35 ans. Il était plus vieux que tous les gars que j'avais *daté*, mais je m'en fichais. J'avais 23 ans et j'étais prête à sortir avec un homme.

Nous sommes sortis ensemble pendant un an. J'ai rencontré ses amis, il a rencontré ma famille. Il m'a appris les choses raffinées de la vie, comme le vin, la cuisine française et le cinéma classique. Son film préféré était *Lolita*. Il m'a prêté son t-shirt bleu layette vintage préféré. J'ai dormi dedans la plupart des nuits. Nous parlions d'emménager ensemble, de se marier et de vivre heureux jusqu'à la fin des temps.

Une nuit, nous nous préparions à aller au lit. Il était dans la salle de bain et m'a demandé de choisir un film sur son iPad. Je lui ai demandé quel était son mot de passe et il m'a répondu que c'était son anniversaire.

Je me suis figée. Comment je pouvais ne pas connaître la date d'anniversaire de mon copain d'un an ? Puis j'ai vu son portefeuille sur la table de chevet. Je n'avais pas d'autre choix que de regarder sa carte d'identité. Je ne voulais pas qu'il sorte de la salle de bain et qu'il voie que je n'avais pas choisi de film.

J'ai trouvé son permis de conduire et son anniversaire. 23 avril. Mes yeux se sont ensuite posés sur l'année : 1966. Je suis dyslexique donc j'ai utilisé la calculatrice de mon téléphone pour calculer. Il avait 45 ans.

Je lui ai demandé s'il avait vraiment 45 ans. Il m'a assuré qu'ils avaient fait une erreur à la mairie. Je savais qu'il mentait. Ils ne font pas d'erreur à la mairie, c'est pour ça que la queue y est si longue !

« Je pensais que tu savais », a-t-il enfin soupiré, ce qui était aussi un mensonge vu que je lui avais écrit une carte d'anniversaire pour ses 36 ans, où il y avait 36 raisons pour lesquelles je l'aimais. Il n'a jamais dit : « Hey, bébé, il en faut neuf de plus ! »

Je suis allée me coucher en espérant me réveiller de ce mauvais rêve. Ça n'est pas arrivé.

GOÛT :	LOOK :	SON :	ODEUR :	RESSENTI :
Cigares	Les poils sur sa tête sont d'une couleur différente de ceux sur son corps…	Le tic-tac de l'horloge de *60 minutes*	Après-rasage et crème solaire très haute protection	Tellement jeune

Quand je raconte cette histoire aux gens, ils me demandent tous la même chose : « Comment tu as pu ne pas t'en rendre compte ? » J'imagine qu'il y avait des indices, je les ai juste ignorés. Genre, pourquoi toutes les photos de sa jeunesse étaient imprimées ou encore pourquoi son film préféré était Lolita. Je comprends mieux pourquoi les serveurs lui disaient « que Dieu vous bénisse » quand il montrait sa carte d'identité. Je pensais que c'était parce qu'il était beau pour quelqu'un de 35 ans. Il s'est avéré qu'il était *très* beau pour quelqu'un de 45 ans.

Je n'ai pas rompu avec lui tout de suite. Je lui ai donné un mois. J'ai fait une liste des pour et des contre. Pour : il me traite bien. Contre : c'est peut-être un sociopathe. Je savais ce que je devais faire.

Nous sommes allés prendre un verre. Il a pris un scotch avec des glaçons.

Un scotch ? Comment j'ai pu ne pas remarquer ça ?

Les larmes striaient mes joues. Je lui ai dit que je ne pouvais pas continuer.

Alors que nous attendions nos voitures, il me serra fort dans ses bras. Alors que je cherchais mes clés dans mon sac, j'ai senti quelque chose de doux. Son t-shirt vintage. Je lui ai tendu. Il m'a dit de le garder.

Quand je suis arrivée à la maison, j'ai enfin lu le dos du t-shirt. Ça disait : « Ne laisse pas la réalité corrompre tes rêves. » Ça ressemblait à la devise de vie de Robert. Ne pas laisser la réalité de son âge corrompre ses rêves hollywoodiens.

Quand j'ai eu 31 ans, j'ai compris. Au début, j'avais honte d'être à un âge où les réseaux sociaux disent que je devrais être mariée et avoir des enfants. Puis j'ai réalisé que l'âge n'est qu'un chiffre. Ne laisse pas la réalité de quelque chose comme ton âge gâcher tes rêves. Aussi, fais toujours des cartes à ton petit ami.

LES HOMMES DANS LEUR VINGTAINE vs. DANS LEUR TRENTAINE vs. DANS LEUR QUARANTAINE

20s	30s	40s
1. Aime les shots	1. Peut analyser avec confiance une carte de vins	1. Aime le scotch
2. A des colocs	2. Vit seul	2. A une maison !
3. Pyjama party tous les soirs, en cuillère toute la nuit dans son lit une place	3. En cuillère pour une durée raisonnable puis roule de l'autre côté de son lit deux places	3. Très rarement en cuillère dans son lit *king-size* à mémoire de forme, mais tu es trop à l'aise pour t'en soucier
4. T'emmène au fastfood	4. T'emmène dans des beaux restaurants	4. Commande toujours à emporter

TOUS : Ne sait pas quoi faire quand il a un rhume.

BOY BINGO

Il rend beaucoup de médicaments et/ou de vitamines 	Il a une cave à vins 	Il impressionne les serveurs quand ils regardent sa carte d'identité 
Il aime les musées, les théâtres, les clubs de jazz et/ou l'opéra 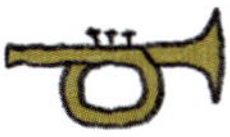	Free space! 	Pas de photos numériques avant sa vingtaine 
La technologie le perturbe 	Il a des amis avec des noms comme Gertrude, Abe ou Beatrice – et non, ce ne sont pas des hipsters	Il ne peut pas commencer sa journée sans radio 

Quiz

EST-IL TROP VIEUX POUR TOI ?

Combien d'années a-t-il de plus ?

- **A** Plus de 10 ans.
- **B** Moins de 10 ans.

Cette différence d'âge te dérange-t-elle ?

- **A** Oui. C'est évident que nous sommes de générations différentes.
- **B** Non ! Les autres semblent le remarquer plus que nous.

Te traite-t-il comme une égale ?

- **A** À peu près… je veux dire, il est plus vieux, donc plus sage. Je lui laisse souvent le dernier mot.
- **B** Oui. Comme si on était partenaires.

Voulez-vous les mêmes choses pour le futur ?

- **A** Il ne veut pas se marier ni avoir d'enfants et je l'aime. Donc, je suppose que je ne veux ni me marier ni avoir d'enfants.
- **B** Nous avons des plans similaires pour le futur.

Te sens-tu respectée ?

- **A** À peu près. Après, c'est difficile de nier que j'ai encore beaucoup de choses à apprendre. Il sait mieux, car il est plus vieux.
- **B** Totalement. Il croit vraiment en moi et me soutient..

Plus de A

La différence d'âge semble vraiment te déprimer. Rappelle-toi, vous êtes une équipe. Il faut que ta voix soit entendue et que tu sois traitée en égale. S'il continue de t'infantiliser, coupe les ponts et cours !

Plus de B

Vous semblez avoir une base solide. Rappelle-toi que l'âge n'est qu'un nombre du moment que tu es traitée en égale.

L'avis de l'autre

Le mec que j'ai *daté* : Robert, 53 ans, 9 mois de relation

Je préférerais que tu n'écrives pas un chapitre sur moi, mais tant que mon nom et que les détails évidents sont laissés de côté en ce qui concerne mon identité, je suppose que tu peux faire ce que tu veux de manière créative.

Le couple : Andrea, 29 ans et Dan, 35 ans, ensemble depuis 12 ans

J'ai rencontré Dan quand j'avais 17 ans, il en avait 23 et je trouvais ça bizarre au début. Je me rappelle avoir dit à ma mère que je voulais épouser un homme comme Dan plus tard. Tout le monde était inquiet par le fait qu'une fois mariés (j'avais 21 ans et lui 27), qu'on évolue différemment. Mais, finalement, ça se résume à ceci : personne ne tiendra plus à moi que lui ; je le sais, sans l'ombre d'un doute. Trouve quelqu'un qui te fait sentir importante et légitime. Ne fais pas la liste des *must-haves*. Je pense que trop de femmes (et d'hommes) veulent des papillons dans le ventre et des contes de fées, mais ça n'existe pas, du moins pas après un an. Tu vas toujours détester la façon qu'il a de mâcher ou de ronfler. Il deviendra gros et moche (et toi aussi). Mais se sentir valorisé, respecté et aimé ne vieillira jamais. C'est ce qui vous permet de tout surpasser. Je me suis mariée en utilisant le bon sens, et c'était la meilleure décision que j'ai jamais prise.
— Andrea

Au début, notre différence d'âge était souvent un défi, mais cela a disparu avec le temps. Nous sommes, en quelque sorte, des opposés qui s'attirent, ce qui comporte aussi des défis. S'il est important d'être attiré l'un par l'autre, cela ne doit pas être l'enjeu principal de la relation. — Dan

Les experts : Lauren Rosenberg et Jaydi Samuels, fondateurs de LJMatchmaking

Notre conseil pour une jeune fille dans la vingtaine qui sort avec un homme plus vieux est de s'assurer que tout ne va pas que dans son sens. Être célibataire depuis longtemps peut amener à tomber dans une routine et rendre incapable de partager cette routine avec quelqu'un qui souhaiterait rentrer dans sa vie. Essaie de savoir comment il est en couple et pourquoi ça n'a pas marché avec ses anciennes relations. A-t-il appris de ses échecs ? En parle-t-il en bien ? A-t-il des problèmes d'engagement ou n'a-t-il pas encore trouvé la bonne personne ? Ne sois pas intimidée par son âge et rappelle-toi des valeurs et des expériences de vie que tu apportes à la relation. Assure-toi que vous avez assez de choses en commun. Est-il mature, stable ? Son âge apporte-t-il ou enlève-t-il quelque chose à la relation ?

9

LE MEC PLUS COOL QUE TOI

L'ARTISTE QUE TU SOUTIENS

LE MEC *WOKE*

A PROBABLEMENT UNE COLLECTION DE CHAUSSURES

J'ai raccourci mes vacances de Noël chez mes parents pour revoir mon petit ami Andres à Los Angeles. Le plan était de passer une nuit à West Hollywood puis d'aller à Hawaii pour le Nouvel An. Il m'a assuré que nous pouvions y aller en avion sans problème, car l'oncle de son coloc' était pilote.

Lorsque je suis arrivée à l'aéroport de Los Angeles, j'ai remarqué que mon message « Arrivée ! » envoyé à Andres n'avait pas eu de réponse. Je l'ai donc appelé. « Quoi ? » a-t-il grogné. « Coucou bébé ! Tu viens toujours me chercher ? » j'ai demandé gentiment.

Silence.

« Désolé. Je peux pas. Je suis trop occupé à acheter des chapeaux. » Il a raccroché. C'était avant le covoiturage, mais j'ai réussi à rentrer chez moi. Je n'arrivais pas à croire qu'Andres n'avait pas hâte de me voir après une semaine loin l'un de l'autre. Nous étions ensemble depuis Halloween. J'aurais juré avoir vu des feux d'artifice pendant notre premier baiser. En y repensant, c'était probablement juste les lumières du bar de la boîte de nuit où nous étions. Andres arrivait à chaque soirée comme sur une chanson de Carly Simon. Son visage était magnifiquement asymétrique, comme Adrian Brody, et son sens de la mode me fascinait du haut de ses 2 mètres. Les mecs qui font plus de 1,90 mètre sont ma kryptonite. Avec Andres, c'était donc l'amour au premier : « Tu mesures combien ? »

J'aimais la façon dont Andres me faisait me sentir délicate et en sécurité. Surtout depuis Robert (le mec beaucoup plus vieux) qui n'arrêtait pas de se plaindre que j'étais trop grande avec mes sandales compensées préférées. Andres représentait tout ce que je voulais et qui m'avait manqué dans ma relation avec Robert : la jeunesse, la confiance, l'aventure et la liberté de porter des talons.

C'était électrique entre nous. Je disais à tout le monde que je sortais avec mon futur mari et je le pensais. Une nuit, à West Hollywood, nous nous sommes perdus et il est arrivé en courant derrière moi et en criant mon nom. « Je t'aime ! Je t'aime ! Je t'aime ! » Il a hurlé dans la nuit. Je l'ai embrassé profondément. « Je t'aime aussi ! ». Je n'arrivais pas à croire qu'il m'ait laissé tomber à l'aéroport. Le mois d'avant, je l'avais récupéré à l'aéroport de Los Angeles, pensant qu'il était impatient de me toucher. Mais il était surtout impatient de mettre la main sur la nouvelle paire de Jordan orange fluo en édition limitée. J'ai fait le chauffeur jusqu'à ce qu'il les trouve, tout ça pour apprendre qu'il voulait juste les revendre sur Internet. Au lieu de m'énerver, j'ai admiré l'investissement qu'il mettait dans son activité secondaire. Plus tard cette nuit, Andres m'a invité chez lui et

GOÛT:	LOOK:	SON:	ODEUR:	RESSENTI:
IPA et cigarettes électroniques	VIP partout	CD *indie* qui sont bien plus cools que les tiens	Senteur eucalyptus d'une salle de sport classe	Comme si tu étais de retour au lycée

s'est excusé, en me donnant mon cadeau de Noël. Un collier avec un G pour mon prénom et un *charm* éléphant. Il s'est rappelé que je les appelais « epi-tints » quand j'étais enfant. J'ai pensé au bracelet en perles d'argent que Robert m'avait offert pour mon anniversaire. Un accessoire qui n'était pas du tout moi, mais plutôt la petite amie habillée en J. Crew qu'il voulait que je sois. Alors qu'Andres m'aimait pour moi, juste comme j'étais.

Nous ne sommes jamais allés à Hawaii. Il s'avère que tu ne peux pas prendre un vol en attente le soir du Nouvel An, même si l'oncle de ton colocataire est un pilote. Mais on a passé un bon moment à fêter ça avec ses amis et leur cochon d'Inde, Frances Bacon, lors d'un dîner. La semaine suivante, je l'ai convaincu de faire la queue pour un spectacle de comédie gratuit. « Je ne fais pas la queue. Je crée la queue », gémissait-il pendant que nous attendions. Ce dimanche, nous avons fait du bénévolat, en promenant un chien nommé Guido. On trouvait ça ridicule que ça compte comme du bénévolat. On a parlé du jour où on emménagerait ensemble et où on aurait notre propre chien. Mais Andres n'arrêtait pas de rompre ses promesses. Même s'il n'était pas une relation « pansement », j'avais encore des difficultés à faire confiance depuis Robert, dont j'avais appris le mensonge deux mois auparavant. Puis Andres a perdu pour la troisième fois son portefeuille depuis qu'on sortait ensemble. « Si tu ne fais pas attention, tu vas aussi perdre ta copine ! » plaisantaient ses amis. Quelques jours plus tard, il m'a perdue. Nous n'avons pas arrêté notre relation proprement, donc nous avons continué à nous voir jusqu'à ce qu'il déménage de Los Angeles. Depuis ce jour, Andres reste mon ex préféré. Il est lui-même, sans honte et sans peur. Quand je lui ai dit qu'il était « le mec plus cool », il a dit : « Je ne suis pas cool. J'ai juste bon goût. » Ce qui est un truc vraiment cool à dire. Ne sois pas trop obsédée par le fait que le mec plus cool soit plus cool que toi. Tu es aussi cool et s'il ne voit pas ça, est-il vraiment si cool ?

ARTISTE vs. MEC WOKE vs. TROP COOL POUR TOI

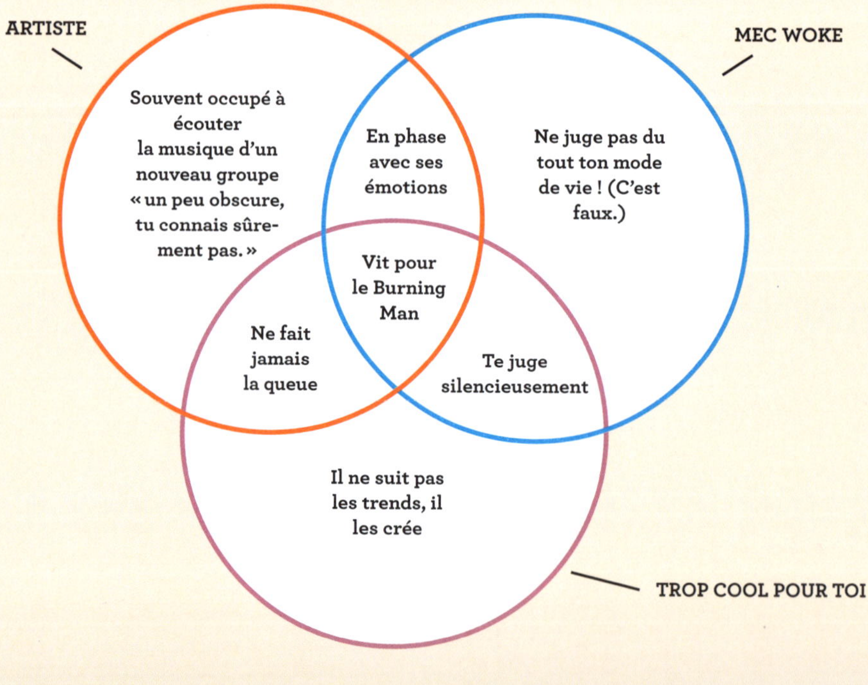

BOY BINGO

Bon au billard 	Toujours « sur la liste » avec accès à l'espace VIP en boîte	Il a une collection de chaussures 
Il a au moins un tatouage sentimental stratégiquement placé	Free space! 	Il connaît tout le monde et tout le monde le connaît 
Il porte des lunettes, parfois 	Il possède « de l'art » 	Il a au moins une plante qui reste miraculeusement en vie 

Quiz

EST-CE DE L'AMOUR OU DU DÉSIR ?

Est-il parfait ?

Ⓐ Oui ! J'aime tout de lui ! Il réussit vraiment tout.

Ⓑ Bien sûr, il n'est pas parfait, il est humain. Mais j'accepte ses défauts. Je trouve même certains de ses défauts sexy.

Quelle énergie consacres-tu à ton apparence quand tu le vois ?

Ⓐ Beaucoup ! Coiffure, maquillage, tenue parfaite. Je pourrais mourir s'il me voyait sans maquillage et en jogging.

Ⓑ Nous allons à un endroit classe ? Sinon, il devra s'estimer heureux que je sois douchée.

À quel point le sexe est-il important ?

Ⓐ Incroyablement important. Si nous ne couchons pas ensemble une nuit, je vais supposer qu'il me trompe ou que quelque chose va mal.

Ⓑ Quand ça arrive, ça arrive. Je suis satisfaite. Pas de plainte de ce côté-là.

À quel point vos conversations sont-elles profondes ?

Ⓐ Assez superficielles, pour être honnête.

Ⓑ Étonnamment profondes. Je suis attirée par son esprit autant que par son corps.

Vous disputez-vous ?

Ⓐ Pas vraiment ! Rappelez-vous, il est parfait !

Ⓑ Nous nous disputons de temps en temps. Mais nous apprenons de nos disputes. Ça nous rend plus forts.

Plus de Ⓐ

Tu es dans le désir. Tu es tellement emportée par cette nouvelle et excitante relation que tu te concentres seulement sur la surface et que tu ne fais pas attention au reste. Essaie d'enlever tes lunettes en cœur et de le voir tel qu'il est vraiment.

Plus de Ⓑ

On dirait que tu es réellement amoureuse ! Tu travailles vraiment pour développer une relation forte. Tu réalises que l'amour n'est pas un conte de fées et tu acceptes le bon et le mauvais. C'est prometteur !

L'avis de l'autre

Le mec que j'ai *daté* : Andres, 33 ans, 3 mois de relation

Je t'ai dit que je viendrais te chercher et oui, c'était un CDP (coup de p***). En ce qui concerne le gars qui est plus cool que toi, tu étais celle qui m'a finalement devancé. Nous étions à différentes étapes de nos vies. Tout le monde a des hauts et des bas, et tu étais sur le chemin du succès.

Le couple : Michelle, 27 ans et Chris, 48 ans, ensemble depuis 6 mois

Elle était tellement plus talentueuse, attentionnée, intelligente et gentille que moi. Elle avait de meilleurs goûts en musique, en vêtement, en littérature. Elle m'a appris de choses plus sur moi-même et c'est la seule personne qui m'ait supporté. Elle me laisse des petits mots, est intéressante, elle me fait sentir important, elle m'apprécie sincèrement et est gentille avec moi. Je n'ai jamais rencontré quelqu'un qui a attiré mon attention depuis que je l'ai rencontrée. Son aspect « plus cool » a plus joué dans ma tête que dans la vraie vie. J'essaie de ne pas donner de conseils, car la plupart des gens sont plus cools que moi, mais si je devais le faire, je te dirais d'apprécier et d'absorber. Si c'est une bonne situation, alors profite. Si ça ne l'est pas, prend tout ce que tu as appris et va le mettre en pratique ailleurs. — Chris

Il est plus cool que moi, car il n'a peur de rien dans la vie et en amour. Il est aussi comédien et bien plus drôle que moi. Son côté cool ne me pose problème que lorsqu'il me tient responsable de mes conneries. (Il ne laisse pas passer mes tendances passives-agressives, ce que je trouve aujourd'hui très sexy.) Quand un problème survient, il fait en sorte que je prenne mes responsabilités afin que nous puissions communiquer efficacement pour trouver une solution. Cette cool-attitude m'a encouragée à me détendre et à respirer pour me concentrer sur la tâche. (Est-ce que j'ai déjà dit qu'il était bien plus cool ?) Mon conseil pour les filles dans la vingtaine serait de trouver quelqu'un qui te respecte et que tu respectes. Quelqu'un qui te rend responsable, mais qui est aussi prêt à faire le job. Quelqu'un qui veut passer du temps avec toi, mais qui te donne aussi la liberté de grandir. Trouve quelqu'un plus cool que toi, car il peut t'apprendre plein de choses importantes sur toi. Ne te contente pas de quelqu'un qui te fait douter de ta valeur. — Michelle

L'amie : Gaby, 28 ans

J'ai *daté* un mec pendant 1 mois et j'ai décidé que je devais tout arrêter, car j'étais plus cool que lui. C'est devenu de plus en plus évident qu'il était chiant. Le premier signe fut quand je lui ai envoyé un selfie en train de fumer de l'herbe en Jamaïque et qu'il a répondu : « Attention ! C'est illégal ! ». J'étais stupéfaite. Puis j'ai commencé à remarquer plus de choses. Par exemple, qu'il écoutait de la country et buvait du lait entier. Je n'ai pas tout de suite arrêté la relation, car... il a fait tomber son téléphone dans un étang. Donc, bon, je devais attendre que ça se résolve.

10

LE MEC QUI TE GHOSTE

DISPARAÎT APRÈS 1 À 3 *DATES*

PLUS COMMUNÉMENT APPELÉ HOUDINI OU FANTÔME

PLUS SÉRIEUSEMENT… EST-CE QU'IL EST MORT ?

« Je ne suis jamais venu ici avant », a admis Sid, à la lumière des bougies de la confortable cabine en cuir d'un minuscule restaurant français. J'ai instantanément été attirée par sa transparence et je me suis retrouvée perdue dans ses grands yeux bleus.

J'étais nerveuse quand mon amie Perry a organisé ce *date* par e-mail. Nous savions tous les deux à quoi ressemblait l'autre (donc ce n'était pas un rendez-vous à l'aveugle ; je suppose que c'était plutôt un rendez-vous pour malvoyants). Je savais que Sid était grand, qu'il venait du Midwest, et qu'il était beau comme un prince Disney : fringant, fort, et si c'était absolument nécessaire, il pouvait tout à fait porter des collants.

Mais je ne m'attendais pas à ce que notre conversation soit si fluide et que nous abordions tout, de notre vie de famille à nos épisodes préférés des *Simpsons*.

Puis il m'a emmené à Yogurtland, ce qui, en 2013, était une fantastique idée de date. Bientôt, nous en savions plus l'un sur l'autre en deux heures que je n'en savais sur la plupart des gens en deux mois. Je n'ai même pas regardé mon téléphone une seule fois pendant les quatre heures de notre rendez-vous. À la quatrième heure du *date*, il m'a embrassé au milieu d'une phrase. Je n'avais pas ressenti ça depuis mon premier baiser avec Will (le mec qui est parti) au lycée. Alors qu'il se penchait pour m'embrasser à nouveau, il a chuchoté : « C'est le meilleur rendez-vous que j'ai jamais eu. » Pareil ! Sortons ensemble pour toujours ! Je voulais crier, mais à la place, j'ai souri. « J'ai aussi passé un très bon moment. »

Le jour suivant, il m'a laissé un mot sur mon bureau demandant si on pouvait sortir ce samedi-là. Il voulait me montrer l'endroit où il vivait à Calabasas (comme dans *Les Kardashians*). J'avais des plans cette nuit-là à Hollywood, mais j'étais déterminée à tout faire pour que ça marche. Contrairement à ce qu'ils font croire dans *Les Kardashians*, Calabasas n'est pas si proche que ça de Los Angeles. Mais j'y suis allée. On a regardé la télé et on s'est embrassés. Bien sûr, c'était beaucoup moins impressionnant que notre premier rendez-vous, mais ça ne changeait rien. J'étais tellement à fond sur Sid que j'aurais probablement pu regarder de la peinture sécher et trouver ça nouveau et excitant tant que j'étais avec lui. Et puis, je n'ai plus eu de nouvelles de lui. « Est-ce que je devrais lui envoyer un texto ?! » J'ai posé cette question à Perry devant un verre de vin une semaine plus tard. « Eh, à ta place je ne le ferais pas, Gab. J'ai l'impression qu'il le ferait lui-même s'il voulait te voir à nouveau. » J'étais perdue. Notre dernier rendez-vous était interdit aux moins de 16 ans, mais pas plus. D'habitude, un gars disparaît après l'acte sexuel, pas après une simple séance de pelotage torride, avec l'envie d'aller plus loin. Au fond de moi, je pensais qu'il allait m'envoyer un texto. Mais les jours se sont transformés en semaines, et il n'y avait plus de textos, de plans, ou de notes mignonnes sur mon

GOÛT:	LOOK:	SON:	ODEUR:	RESSENTI:
Le gâteau le plus délicieux de ta vie	Un cauchemar déguisé en rêve	Un criquet	Le sulfure	Froid. Tu vois quelqu'un de mort ? Tout pareil?

bureau. Rapidement, j'ai compris ce qui se passait : quelque chose que vous pourriez appeler *ghoster*, mais que j'appelle « Houdiner ». Il était un Houdini qui venait juste de réussir l'acte de disparition au bout de deux rendez-vous : premier rendez-vous magique, deuxième rendez-vous solide, et ensuite, pouf ! Il s'est évaporé !

J'ai continué à me repasser notre dernier rendez-vous dans ma tête : qu'avais-je donc bien pu faire pour tout gâcher ? Sur le moment, je n'ai pas eu d'explication, mais il ne m'en devait pas vraiment une. Il n'y avait eu que sept e-mails, une semaine, une note, et deux *dates* entre nous.

Jusqu'à six ans plus tard, quand j'ai commencé à écrire ce livre. J'ai envoyé un message à Sid sur Facebook, et à ma grande surprise, il voulait me parler au téléphone. Il s'avère qu'il était dans une mauvaise passe quand on sortait ensemble. Il le pensait quand il a dit que c'était le meilleur rendez-vous qu'il ait jamais eu pour lui. Ce n'était pas juste une phrase en l'air. Il pensait que je l'avais « Houdiné » à cause du deuxième rendez-vous, moins impressionnant. Si je l'avais contacté, il aurait absolument accepté un troisième *date*, et qui sait ce qui se serait passé ? Je sais. Je suis aussi choquée. Parce que mon conseil allait être : si ça t'arrive à toi, ne te triture pas l'esprit. Tu n'as absolument rien fait de mal. Accepte que tu te sois fait Houdiner et passe à autre chose.

Mais maintenant je change d'avis. *Ghoster* peut aller dans les deux sens. Si, au fond, tu sens que vous aviez une forte connexion, il faut parfois faire confiance à son instinct. Qu'est-ce qu'il pourrait arriver de pire ? Tu ne lui parles déjà plus ! Tends la main une dernière fois, et s'il ne se passe toujours rien, accepte que ce soit fini pour que tu puisses faire de la place à un gars qui n'est pas que fumée et miroirs.

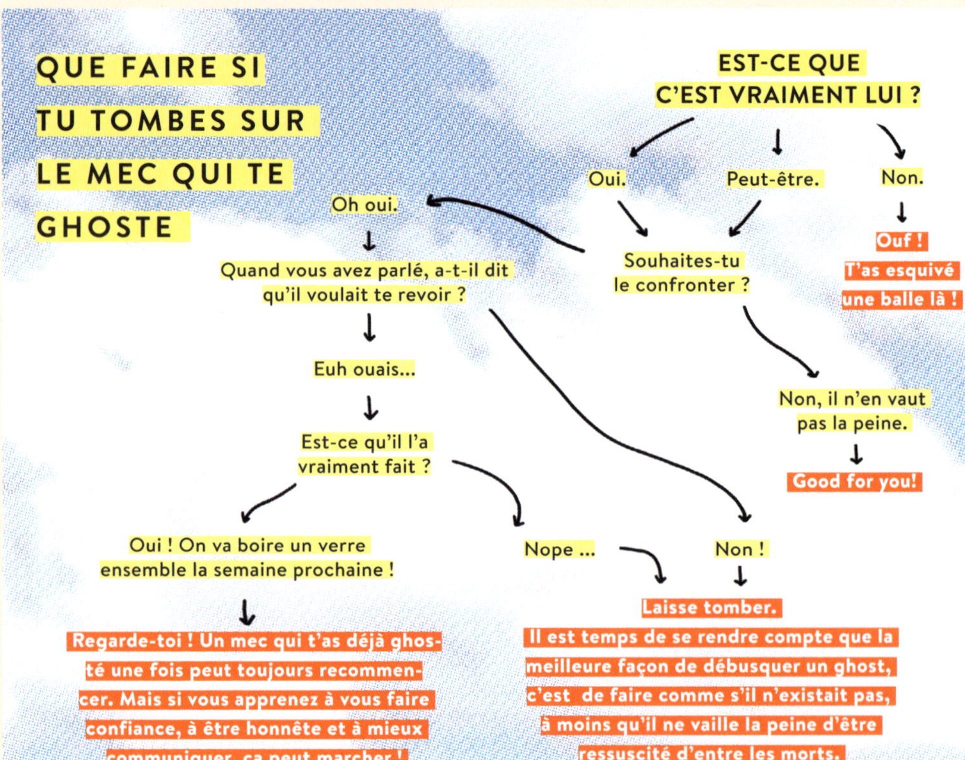

BOY BINGO

Un de tes meilleurs premiers *dates*

La communication est passée de régulière à inexistante

Actif sur les réseaux, mais il ne te parle pas

Vous n'êtes allés qu'à une poignée de très bons rendez-vous

Free space!

Il annule les plans

Sérieusement, il est mort ?

Tu le contactes plus qu'il ne le fait

Tes amis en ont marre d'entendre parler de sa disparition

Quiz

EST-CE QU'IL TE *GHOSTE* OU EST-CE QU'IL EST VRAIMENT MORT ?

Est-il actif sur les réseaux ?

- **A** Oui, il a tweeté il y a 17 heures. Je n'ai pas eu de nouvelles de lui depuis notre *date* d'il y a 2 semaines.
- **B** Non…

Est-ce que des amis communs ont eu de ses nouvelles ?

- **A** Oui, mon ami l'a vu au travail hier et il était bel et bien vivant !
- **B** Nous n'avons pas d'amis en commun.

Avez-vous prévu des trucs ?

- **A** Beaucoup de plans possibles ont été faits, mais pas de plans officiels. Est-ce que je devrais lui demander s'il veut aller manger des huîtres à cet endroit dont il m'a parlé ?
- **B** Oui ! Nous étions supposés sortir hier, et je n'arrive pas à le joindre. Il n'avait pas l'air du genre à s'éclipser.

Avez-vous couché ensemble ? (pour info, si c'est avec la bonne personne, ça n'a pas d'importance)

- **A** Oui et c'était incroyable.
- **B** Non !

Prends une grande inspiration. Que s'est-il passé quand tu as tapé sur Google son nom suivi de « décès » ?

- **A** Rien n'est apparu !
- **B** Oh non, il est mort :(

Plus de A

On dirait qu'il t'a ghosté. Désolée. Tu peux toujours le joindre une dernière fois, mais si tu n'as toujours pas de réponse, dis-toi que c'est dommage pour lui, et pas pour toi. Tu es un bon parti. Tu mérites d'être avec quelqu'un qui sera ouvert, honnête, et fiable. Et ces gars-là existent ! Sache que ce fantôme pourrait revenir d'entre les morts, et alors ce sera à toi de décider si tu veux le ramener dans ta vie.

Plus de B

Toutes mes condoléances. Le gars a l'air vraiment mort, et je suis désolée pour ta perte.

L'avis de l'autre

Le gars que j'ai *daté* : Sid, 35 ans, 2 *dates*

J'ai aimé notre premier *date*. J'ai aimé le fait que nous soyons allés à Yogurtland. J'ai besoin d'être entouré de gens avec qui je peux m'asseoir et parler de tout, partout. Je n'ai pas tendu la main, et tu ne l'as pas fait. Je me suis juste éloigné, et c'était un peu à cause de mes soucis. J'étais à fond sur toi, mais j'ai dû prendre mes distances à cause de mes problèmes. *Ghoster*, c'est pour les mecs de merde, mais les mêmes sentiments et insécurités existent des deux côtés. La seule chose que je dirais, c'est qu'on ne connaît jamais la vie des autres à un instant T et quels problèmes ils ont. Si tu m'avais envoyé quelques textos, nous serions sortis à nouveau.

Couple : Sandra, 33 ans et Andrew, 30 ans, ensemble depuis 7 mois

Nous nous sommes rencontrés sur Tinder. Nous avons commencé à discuter fin juin et nous nous sommes finalement rencontrés, pour un *date*, fin juillet. Nous sommes sortis un jeudi soir pour aller boire un verre (nous avons fini par coucher ensemble). Puis un dîner, un samedi soir. Puis un déjeuner, un dimanche midi, car il savait que j'avais déjà des trucs de prévus ce soir-là, mais il voulait me revoir. Très mignon. Puis, lundi, il a disparu. Je lui ai envoyé un message pour lui dire que je méritais mieux, mais il m'a ignoré. J'ai aussi essayé de l'appeler. Rien. Puis, précisément une semaine plus tard, il m'a envoyé un message en s'excusant. Il m'a dit qu'il flippait quand il commençait à se rapprocher de quelqu'un. Il m'a demandé s'il pouvait m'emmener dîner et s'excuser en personne. J'ai dit oui. Nous nous voyons encore depuis. Se faire *ghoster*, c'est vraiment pas cool. Tu te demandes instantanément ce que tu as fait de mal. Ce n'était pas toi. C'est lui le problème. Pas toi.

L'experte : Erin Darling, coanimatrice du podcast *Ghosted Hunters*

Quand les gens *ghostent*, ils pensent généralement que c'est la meilleure chose à faire. Les gens *ghostent* pour protéger les sentiments de l'autre, ou pour éviter d'avoir une conversation gênante. De mon point de vue, c'est toujours mieux d'arracher rapidement le pansement et d'avoir une brève conversation avec un semblant d'explication plutôt que laisser l'autre dans l'attente.
Les deux partis se sentent généralement mieux après ça. Fais savoir au fantôme ce que tu ressens. Garde un contact lointain, court et honnête et essaie de ne pas relâcher toute ta colère et ton ressentiment sur lui. Rappelle-toi, l'objectif est qu'il réponde et si tu laisses place à ta colère, tu risques de le regretter plus tard. Ne te dis pas que c'est de ta faute et ne perds pas espoir, suis cette règle d'or : traite les autres de la manière dont tu aimerais qu'on te traite.

11

LE MEC TOXIQUE

TU SAVAIS DÈS LE DÉBUT
QU'IL NE T'APPORTERAIT
QUE DES ENNUIS

Mon visage me pique encore quand je repense à Chad. Je me rappelle le moment où il m'a frappée. Il faisait encore jour, mais il était déjà complètement ivre. Il était mort de rire et il s'agitait dans tous les sens, lorsque l'un de ses bras m'a frappé le nez au passage. Je n'essaie pas de le justifier, mais je pense vraiment qu'il n'a pas fait exprès. Le plus blessant dans cette relation, c'est que tout était une blague pour Chad. Une vague comédie d'ivrogne qui ne quittait jamais son petit studio. Chad et moi ne sommes presque jamais allés en *date*. On s'est matchés sur Tinder, mais, au début, j'ai refusé de le rencontrer après avoir appris qu'on travaillait dans le même domaine. Malgré tout, je n'arrêtais pas de tomber sur lui et j'étais attirée par son grand sourire, ses jolis yeux, sa coupe à la Macklemore (très tendance à l'époque). J'ai gardé mes distances, mais Chad trouvait toujours une excuse pour venir me parler. Mon cœur battait fort à chaque fois que je croisais son chemin. Jusqu'au jour où Chad m'a invitée à boire un verre. J'ai accepté, me persuadant que c'était l'univers qui nous avait rassemblés et non la ténacité de Chad.

Nous nous sommes rapprochés autour d'un Moscow mule, on s'est raconté nos déboires amoureux, et on a parlé de la côte est. Après ce *date*, on a passé presque toutes nos nuits ensemble. Nous partagions la même obsession pour *Les Simpsons*, adorions les Chex Mix, mais détestions les petits bretzels qui étaient dans le mélange et qu'il avait l'habitude de retirer pour moi. Puis, peu à peu, il m'a isolée de mes amis, soutenant qu'il était mon meilleur ami et que je n'avais pas besoin de plus. J'ai alors commencé à remarquer qu'il s'achetait une nouvelle bouteille de vodka tous les deux jours. Comme c'était les vacances, je me suis dit que c'était juste histoire de s'amuser. On restait souvent debout toute la nuit à discuter de choses profondes, passant en revue tous les sujets, du comportement humain jusqu'à nos goûts littéraires. Depuis son toit, on se posait pour regarder les lumières de la ville. Dans ces moments-là, il disait que tout était possible et que nous pouvions conquérir le monde tant que nous restions ensemble. Je le croyais.

Un jour, il a pincé un bout de peau qui débordait un peu de mon jeans. « Alors ? On se laisse aller ? » Il connaissait déjà la réponse. À chaque fois que je montrais un peu de confiance en moi, il secouait la tête : « Si seulement je pouvais faire de toi quelqu'un d'un peu plus raffiné. » Un jour, sorti de nulle part, il a chuchoté : « J'ai hâte que tu aies 30 ans et que tu te rendes compte que tu n'es pas si drôle que ça. » Je n'avais alors que 26 ans. À partir de là, c'est devenu plus physique. Avant cet épisode où il m'a frappé au nez, il m'avait déjà expulsée violemment du lit. J'avais alors atterri sur mon coude et j'avais dû porter une écharpe pour immobiliser mon bras pendant une semaine. À chaque fois que c'est arrivé, il était ivre, imprudent, et « ce n'était pas intentionnel ». Comme s'il ne s'agissait que d'un petit garçon qui jouait un peu trop brutalement avec le chat de la famille. À aucun moment, je n'ai pensé qu'il avait un comportement abusif parce que je ne ressemblais pas aux femmes

GOÛT:	LOOK:	SON:	ODEUR:	RESSENTI:
Sushis de supermarché pas frais	Tes parents ne l'approuvent pas	Le cri d'une alarme incendie	Du parfum… attends, ce n'est pas ton odeur…	Tu ne feras jamais mieux

battues que l'on voit dans les films. Il ne m'a jamais (intentionnellement) frappée, et je n'ai jamais eu à cacher un œil au beurre noir avec du fond de teint. Ses abus étaient plus subtils, plus manipulateurs. Comme la nuit où, sur un arrière-fond de *She's Always a Woman* de Billy Joel, il a tenu mon visage entre ses mains et m'a regardée droit dans les yeux. « Tu es ma copine. Tu es ma meilleure amie. Tu es ma femme ! » Je n'avais jamais été la femme de personne avant ça. La plupart des gars ne me rappelaient même pas. Le jour suivant, Chad était froid avec moi. Qu'avais-je bien pu faire entre-temps pour qu'il ne m'aime plus ?

« OK Nicole Brown Simpson (NDLT : son mari, O.J. Simpson, célèbre joueur de football américain, a été accusé de son meurtre) », m'a répondu ma meilleure amie Kris lorsque je lui ai raconté ce qu'il se passait. Je me suis rendu compte qu'il fallait que je parte avant que ça n'empire. Un soir, alors que nous étions au Rusty Mullet, un vieux bar de Hollywood, Chad s'est embrouillé avec un inconnu à cause d'une histoire sans importance. La chanson *Mean* de Taylor Swift a commencé à passer. Je l'ai pris comme un signe. Pour la première fois, j'ai vu Chad tel qu'il était réellement : « méchant, menteur et pathétique. Et seul dans la vie. Et méchant, méchant, méchant. » (NDLT : traduction des paroles de la chanson de Taylor Swift). C'était dur de trouver le bon moment pour mettre fin à notre relation, mais j'ai fini par rompre avec lui la veille de la Saint-Valentin. Pendant un temps, j'ai oublié cet ex toxique. Malgré tout, et aujourd'hui encore, des souvenirs de cette relation se déclenchent au contact de ce qui m'entoure : les mini-bretzels des Chex Mix, certains épisodes des *Simpsons*, la coupe à la Macklemore que tu croises dans le rayon alcool de la supérette du coin. J'ai failli ne pas inclure cette histoire parce que je voulais l'oublier complètement. Si tu es dans une relation abusive et toxique, tu as peut-être l'impression que tu ne pourras jamais en sortir, sûrement parce qu'il te répète constamment que tu ne pourras jamais avoir mieux. Je suis là, après m'en être sortie, pour te dire que ce n'est pas vrai. Ça ne le sera jamais.

Les *red flags* et les justifications qu'on leur trouve

IL EST IMPRÉVISIBLE

« Au moins, chaque jour est une aventure ! »

Ou plutôt, chaque jour est un nouveau mal de crâne. Plein d'autres gars, des gars stables qui ne se défouleront jamais sur toi, t'attendent ! Promis.

IL EST MANIPULATEUR

« Il veut juste que je donne le meilleur de moi-même ! »

Si c'est vraiment ce qu'il souhaite, alors il t'acceptera avec tes défauts et proposera des solutions à tes problèmes plutôt que des critiques.

IL EST SOUVENT IVRE

« Il aime juste s'amuser ! »

Je vois surtout un problème avec la boisson. Et si c'est le cas, il ne changera que lorsqu'il le souhaitera.

IL T'IGNORE

« Il m'apprend à être plus indépendante. »

Non, c'est juste méchant. À moins qu'il n'ait une bonne raison de t'ignorer, c'est une façon de faire qui est cruelle et manipulatrice. Tu mérites mieux.

IL DEMANDE CONSTAMMENT TON ATTENTION

« Oh, il ne peut plus vivre sans moi. »

En réalité, c'est un signe de codépendance. S'il ne sait pas s'occuper de lui-même et qu'il s'attend à ce que tu fasses tout pour lui, ce n'est pas une relation amoureuse que vous avez. Établis des limites et respecte-les.

IL NE COMMUNIQUE PAS BEAUCOUP

« On est si proches qu'on n'a même plus besoin de parler pour comprendre l'autre. »

À vrai dire, la communication est le pilier de n'importe quelle relation. C'est un élément clé. Il faut que vous parliez. Tu dois faire entendre ta voix, surtout lorsqu'il s'agit d'un sujet qui te dérange.

IL N'EST PAS APPRÉCIÉ DE TES PROCHES

« Ils sont juste jaloux ! »

Non, ils ne sont pas jaloux ! Tes amis et ta famille veulent ce qu'il y a de mieux pour toi, et ce sera toujours le cas. Je ne compte plus le nombre de fois où mes amis et ma famille avaient raison. Je ne voulais pas le croire

BOY BINGO

Il te remet constamment en question	Manipulateur	Méchant
Il a des problèmes d'alcool/de drogues	Free space!	Il te trompe
Il rejette toujours la faute sur toi	Il essaie de te contrôler	Il t'isole de tes amis et de ta famille

Quiz

ES-TU DANS UNE RELATION TOXIQUE ?

Que pense-t-il de tes proches ?

- **A** Il les déteste tous, mais c'est vrai qu'il avait de bons arguments contre ma meilleure amie. Elle est vraiment jalouse !
- **B** Il s'entend bien avec tous mes proches !

Que faites-vous quand vous passez du temps ensemble ?

- **A** On se voit, c'est tout. On se voit rarement avec d'autres potes, à moins d'y être obligés. Et puis, on n'aime pas grand monde.
- **B** Ça dépend ! Parfois, on aime rester à la maison, tout simplement, mais nous sommes tous les deux sociables et on adore passer du temps avec les amis de l'autre !

Que se passe-t-il si tu ne réponds pas immédiatement à ses messages ou à ses appels ?

- **A** Il va me harceler de messages, piquer une crise, m'appeler. Mais il a raison, je devrais vraiment faire plus attention à mon portable, même lorsque je fais autre chose. Et s'il y avait une urgence ?!
- **B** Rien. Il comprend et respecte le fait que j'ai une vie en dehors de notre relation.

Que pense-t-il de tes espoirs et de tes rêves ?

- **A** Il m'écoute, mais il ne pense pas qu'ils soient très réalistes. Je comprends. Je devrais sûrement utiliser mon temps pour faire quelque chose qui soit à ma portée.
- **B** Il me soutient. Il m'aide quand j'en ai besoin, mais il me laisse de l'espace quand je le souhaite.

Lui fais-tu confiance ?

- **A** Pas complètement. Je l'ai surpris à mentir quelques fois, mais à chaque fois il m'a promis de ne plus recommencer. J'ai envie de le croire, mais, au fond, j'ai peur qu'il recommence.
- **B** À 100 % ! Notre relation se base sur l'honnêteté et la confiance. Notre communication est excellente.

Plus de A

Il y a plein de *red flags* que tu sembles délibérément ignorer. Pense peut-être à en parler avec des amis, ta famille, ou un psychologue. Si toi ou quelqu'un de ton entourage cherchez de l'aide, mais ne savez pas par où commencer, n'hésite pas à appeler **Violence Femmes Info au 3919** (appel gratuit depuis un téléphone fixe ou mobile, ouvert 24 heures sur 24 et 7 jours sur 7, appel anonyme et ne figurant pas sur les factures de téléphone).

Plus de B

Il semble généralement te soutenir. Mais si tu as répondu A à n'importe laquelle de ces questions, ne l'ignore pas. Ce sont des signes d'une relation toxique. Pense peut-être à en parler avec des amis, ta famille, ou un psychologue.

L'avis de l'autre

L'amie : Taylor, 27 ans

Je ne me suis pas rendu compte tout de suite que j'étais dans une relation abusive. Je me voilais la face, et je me disais qu'il était jeune, que je pouvais le changer, qu'il finirait par apprendre. J'avais beau tout faire pour, il ne changeait pas. Il y avait tellement de *red flags* ! Il me disait comment m'habiller, essayait de contrôler ce que je mettais sur les réseaux sociaux. Il ne me laissait pas avoir de vie sociale. Il passait son temps à dire que je le trompais. Il vérifiait tous mes messages.

Mon conseil, pour passer à autre chose, c'est de faire le plus de dates possible ! Occupe-toi ! Bien sûr, c'est OK si tu passes aussi tes journées à faire des siestes et à regarder Netflix. Ce qui compte c'est de faire des choses qui te rendent heureuse. Et de pleurer. C'est normal de pleurer. Pour moi, il a également été crucial de supprimer les photos et les vidéos de lui, de le bloquer de partout.

Examine la situation dans laquelle tu te trouves et demande-toi : « Est-ce que j'ai envie de vivre le reste de ma vie comme ça ? » Si la réponse est non, il faut que tu te sortes de là. Plus facile à dire qu'à faire, mais n'oublie pas qu'il y a plus de 7,5 milliards de personnes sur terre. Ce n'est pas le bon. Ou, comme Cristina Yang le dit si bien dans *Grey's Anatomy*, « le soleil ce n'est pas lui, c'est toi ».

L'expert : John Kim, thérapeute de couple, *the Angry Therapist* (« le psy en colère »), auteur de *I Used to Be a Miserable F*ck*

Lorsque l'on se retrouve dans une relation abusive, il faut établir un plan pour en sortir en toute sécurité. Ce n'est pas quelque chose qu'il faut faire seul. Demande de l'aide à tes amis et à ta famille. Tu n'as peut-être pas envie d'en parler avec ton entourage à cause de la honte que tu ressens, mais le cacher c'est construire ta propre prison. Voici quelques *red flags* auxquels faire attention : il te rabaisse constamment, il s'excuse pour sa colère et ses crises incontrôlées, mais il recommence, créant ainsi un schéma répétitif, il essaie de te contrôler de plus en plus. Trop, c'est trop, surtout quand il n'y a aucun changement à l'horizon.

L'experte : Padua Eaton, fondatrice de l'association caritative *Do the Thing UK* qui parle de santé mentale

Je ne me suis rendu compte que j'étais dans une relation toxique qu'après coup. Je n'avais que 16 ans. Il était subtilement manipulateur. Par exemple, quand il n'aimait pas quelque chose, il me le disait, mais ajoutait toujours : « Bien sûr, c'est ta vie, tu fais ce que tu veux. » Mais quand je décidais de ne pas l'écouter, il me punissait en s'isolant et en ne me parlant plus. Manipuler quelqu'un en le blâmant n'est pas quelque chose d'acceptable. Par ailleurs, il me faisait constamment douter de moi-même. Si tu commences à remettre en question ta propre santé mentale, c'est qu'il est temps de partir. À chaque fois qu'il te blesse, écris-le quelque part. Parle à tes amis de son comportement, obtiens la confirmation que ces comportements ne sont pas bons. Je te recommande aussi de suivre une thérapie (ou au moins, mets quelque chose en place pour le moment où tu quitteras cette relation). De cette façon, tu seras en mesure de te rendre compte d'autres actes manipulateurs, et tu auras cette assurance en plus lorsque tu partiras.

12

LE MEC QUI N'EST PAS TON MEC

PAS DISPONIBLE

« SANS ATTACHE »

A DES PROBLÈMES D'ENGAGEMENTS

Adam et moi étions en train de préparer un poulet rôti à la sauce moutarde-sirop d'érable en suivant la recette que nous avions trouvée sur Blue Apron. « Tu m'avais dit que tu savais cuisiner », a-t-il dit en rigolant, alors que je galérais à couper les patates douces. « Je sais cuisiner ! Mais je cuisine à l'italienne, c'est-à-dire que j'invente au fur et à mesure ! » Il m'a embrassée. « Tu es adorable », a-t-il murmuré.

J'étais très amoureuse d'Adam, ce qui était étrange, car nous ne sortions pas ensemble. Ça faisait six mois qu'on se faisait des dates et qu'on agissait comme un couple. On s'était inscrits à un programme nutritionniste (son idée), et on passait notre temps à découvrir de nouveaux restaurants (mon idée). Adam avait tout ce que je recherchais chez un mec. Il était intelligent, patient, passionné et drôle.

Ce jour-là, on a brûlé le poulet et on a fini par commander une pizza. C'était une belle métaphore de notre relation. Nous avions tout pour que notre relation soit parfaite, mais nous n'avons pas réussi à la faire fonctionner. Les frasques de nos anciennes relations continuaient de nous hanter. Adam avait rompu avec sa copine précédente une semaine avant que nous nous rencontrions. De mon côté, j'avais de gros problèmes de confiance après avoir mis fin à ma relation avec Chad (le mec toxique) un mois plus tôt. Je n'ai pas cru Adam lorsqu'il a dit qu'il n'était pas prêt à se remettre en couple. Tout ce que j'ai entendu quand il m'a dit ça c'est « pas en couple » et j'ai automatiquement pensé qu'il voyait d'autres filles. Ça a fini par gâcher notre relation.

Sur mon portable, j'ai changé son nom par « Pas ton mec », mais ça ne m'empêchait pas de lui envoyer des messages dès que j'étais un peu trop ivre. Quand j'ai enfin arrêté de faire ça, c'est lui qui a commencé à m'envoyer des messages le premier. Je lui ai conseillé de voir un psy pour parler de ses problèmes d'engagement, ce qu'il a fait.

Un jour, il a laissé à ma porte une vingtaine de roses rouges, des photos de nous, un pull à lui que j'aimais beaucoup, mais qu'il ne me laissait jamais amener chez moi, et un petit mot disant de l'appeler. Ce que j'ai fait. Au téléphone, il m'a dit qu'il était enfin prêt à se mettre en couple. Je lui ai répondu que la seule raison pour laquelle il me voulait, c'est parce qu'il ne pouvait plus m'avoir. Et des roses rouges ? Basique. Comment ne savait-il pas que mes fleurs préférées étaient les lys blancs ? (J'ai d'autant plus l'impression d'être une gamine maintenant que je l'écris.)

Il continuait quand même à se pointer. Il est venu me soutenir à un de mes

GOÛT:	LOOK:	SON:	ODEUR:	RESSENTI:
Comme un shot de tequila, dur à avaler, mais procure une sensation de chaleur à l'intérieure	Ressemble à ton petit copain, surtout pour tout ton entourage	Un disque qui saute	Café tout frais	Anxieuse, incertaine, tiraillée – en bref, tout ça à la fois !

spectacles avec mon dessert préféré (le pudding à la banane), et il m'a écouté raconter comment ça s'était passé. J'aurais dû apprécier tout ça, mais, après avoir été menée en bateau pendant des mois, j'étais encore trop blessée. Puis il a arrêté de venir. J'ai alors essayé de le joindre avant d'apprendre qu'il s'était mis en couple avec quelqu'un d'autre. Ça m'a brisée, mais je savais qu'il fallait que je le laisse partir pour de bon cette fois.

Ça faisait cinq ans que l'on ne s'était pas parlé lorsque j'ai commencé à écrire ce livre. Je l'ai contacté via Facebook en pensant que mon message demeurerait sans réponse. À ma grande surprise, il m'a appelée. Il s'est marié et je suis heureuse pour lui. Il m'a dit qu'il avait vu ma meilleure amie Kris dans la rue et qu'il l'avait présentée à son ami comme étant « la meilleure amie de mon ex-copine ». J'ai presque lâché mon portable : « Pardon, tu as dit "ex-copine" ? » Nous avons tous les deux ri.

Il m'a expliqué qu'il tenait vraiment à moi à l'époque et qu'il ne voyait personne d'autre que moi à ce moment-là. « Je voulais vraiment m'engager lorsque je t'ai demandé de sortir avec moi. Je me suis rendu compte que je passais à côté de quelque chose d'incroyable à cause de ma peur. » C'étaient les mots que je voulais tant entendre, mais ils arrivaient cinq ans trop tard. J'en ai plus tard parlé à mes parents à un dîner. « Donc, pour résumer : il avait un super boulot, il t'aimait vraiment beaucoup, était toujours sincère avec toi, et quand il était enfin prêt à être avec toi, tu as refusé ? », m'a demandé mon père en croquant dans une crevette. « Eh bien, t'as vraiment raté ton coup cette fois-ci, non ? » Il a ri. J'ai pris une gorgée de bière. Mon père n'avait pas tort.

Une relation est composée de deux personnes. Vous êtes deux à décider si vous pouvez attendre, avoir confiance l'un en l'autre, être sur la même longueur d'onde. Quand c'est le bon moment, les choses se font naturellement, sans devoir batailler. Être dans une relation, c'est comme cuisiner : il faut les bons ingrédients, la bonne recette et un peu de temps pour que tout soit parfait.

PAS TON MEC vs. PAS VRAIMENT INTÉRESSÉ PAR TOI

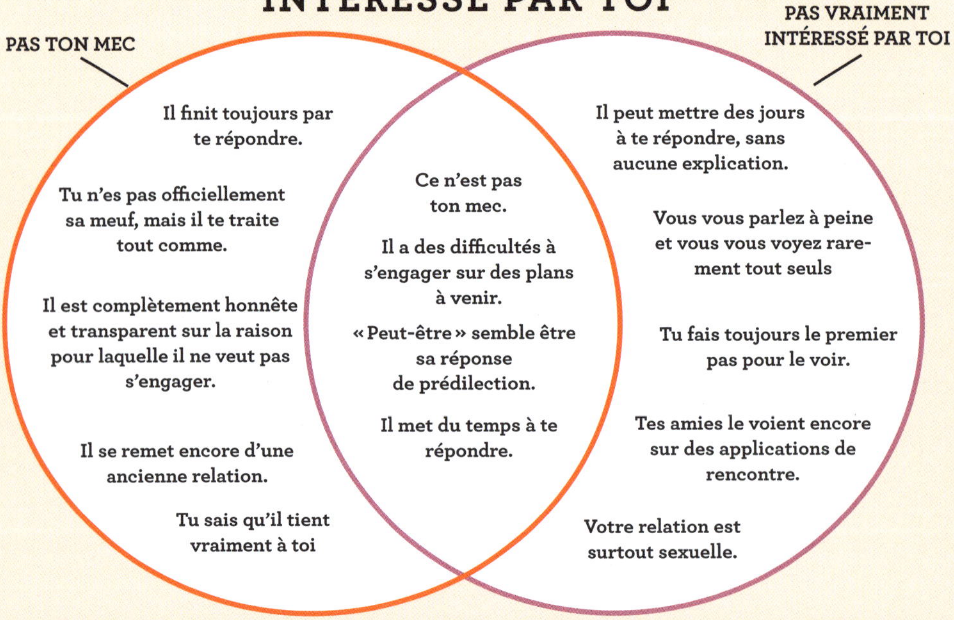

BOY BINGO

Les étiquettes le terrorisent 	Son ex est toujours omniprésente dans sa vie	Tu n'es pas sa meuf 
Sa dernière relation sérieuse est encore récente	Free space! 	Ça fait trois mois que vous vous voyez et il refuse encore de mettre un mot sur votre relation
Il ne voit pas de psy 	Tu te sens à la maison quand tu es avec lui	Tu penses que c'est le bon 

Quiz

LE GARS « PAS DISPO » SERA-T-IL UN JOUR DISPO POUR TOI ?

Est-ce que vous communiquez bien ?

Ⓐ C'est incroyable. On peut parler de presque tout. J'ai l'impression qu'il m'écoute vraiment et qu'il me comprend.

Ⓑ Pas vraiment. Je ne pense pas qu'il comprenne à quel point son manque d'engagement me blesse.

Voit-il quelqu'un d'autre ?

Ⓐ Non, et je le crois. Bien sûr, je ne peux pas m'empêcher de me demander si c'est le cas. En tout cas, ça expliquerait pourquoi il ne souhaite pas s'engager !

Ⓑ Je suis presque sûre qu'il y a quelqu'un d'autre.

En dehors du fait qu'il ne veuille pas définir votre couple, comment te traite-t-il ?

Ⓐ Comme une petite copine. Il est respectueux, attentionné, et c'est un bon partenaire.

Ⓑ J'ai le sentiment que je ne suis jamais sa priorité.

Que pensent tes amis de lui ?

Ⓐ Ils l'aiment bien, mais ils n'aiment pas me voir malheureuse.

Ⓑ Ils le détestent. Ils ne s'imaginent pas un futur pour nous deux.

Que te dit ton instinct ?

Ⓐ Quand tu sais, tu sais, n'est-ce pas ? Au fond, j'ai l'impression que c'est le bon et que ce n'est qu'une question de patience.

Ⓑ Quelque chose cloche. Peut-être que je ne devrais pas attendre de savoir ce que c'est.

Plus de Ⓐ

Ça va être difficile. Si vous avez établi une bonne communication, que vous vous traitez comme des égaux et que t'as le sentiment, au fond, que c'est la bonne personne, sois patiente. Ça pourrait marchert.

Plus de Ⓑ

Ce gars n'a pas l'air de te donner l'amour et le respect que tu mérites. Honnêtement, mettre un mot sur votre relation ne risque pas de changer ça. Pourtant, il devrait être heureux de pouvoir t'appeler sa copine et de montrer à tout le monde que tu es à lui ! Tu es la meilleure. Ne gâche pas ton temps avec lui. Souviens-toi : aime ce qui t'aime en retour.

L'avis de l'autre

Le mec que j'ai *daté* : Adam, 33 ans, 6 mois de relation

À l'époque, ton sentiment était valide et justifié. Tu étais prête à rendre les choses officielles avant moi, et c'est quelque chose qui peut mettre dans une position de vulnérabilité, surtout lorsque tu aimes vraiment beaucoup la personne et que tu n'es pas sûre que c'est réciproque. Penser que l'autre ne veut que ce qu'elle ne peut pas avoir est compréhensible. Je dirais que c'est le cas 99 % du temps. Malheureusement, il a fallu que tu coupes les ponts pour que je me rende compte que je n'avais aucune raison d'être si inquiet. C'était déjà trop tard. Même en étant une exception à la règle, notre relation n'allait pas forcément fonctionner. Une relation, c'est un peu un pari émotionnel. Au bout du compte, il faut se faire confiance et être honnête et sincère avec soi-même, mais aussi avec l'autre. Nous savions tous les deux que nous n'étions pas sur la même longueur d'onde, mais on voulait quand même que ça marche, alors on a continué jusqu'à arriver à un carrefour émotionnel, où il a fallu faire un choix.

Le couple : Becca, 28 ans, et Alex, 35 ans, ensemble depuis 7 ans

Ce que nous pensions n'être qu'une histoire d'un soir s'est développé en une relation de sept ans. Nous avons directement compris que nous étions faits l'un pour l'autre. Du moins, c'était évident pour moi (Becca). Histoire classique : il avait peur de s'engager. J'avais beau sortir tout juste d'une histoire d'amour qui m'avait brisé le cœur, je me rendais tout de même compte que c'était idiot. Alors j'ai fait ce que n'importe quelle autre femme assurée et indépendante aurait fait : je suis allée en date avec d'autres personnes et, à chaque fois, je rentrais à la maison pour pleurer toute seule dans mon oreiller. Heureusement pour moi, Alex ne supportait pas l'idée que je voie quelqu'un d'autre. Nous nous sommes donc mis officiellement en couple et Alex a emménagé chez moi une semaine plus tard. Sois consciente de ta valeur ! Tu n'as pas à subir toutes ces conneries. Aujourd'hui, je regrette d'avoir passé des nuits à boire de la tequila bas de gamme jusqu'à deux heures du matin et à faire semblant d'être une personne que je n'étais pas. Je me regardais de temps en temps dans le miroir et je me demandais pourquoi je faisais tout ça pour un garçon. (La réponse étant, bien sûr : parce que j'étais complètement amoureuse de lui. Mais tout de même !)

L'experte : Bruna Nessif, coach en développement personnel, autrice de *Let That Shit Go*

Le problème quand tu t'accroches à quelqu'un qui ne veut pas s'engager, c'est que tu mets un peu ta vie en suspens, dans l'espoir que la personne change, plutôt que d'accepter la situation telle quelle. Cela peut mener à un sentiment de déception, de ressentiment, et à des attentes démesurées. Nous sommes nombreuses à faire ça. Nous nous persuadons que c'est normal de devoir se battre pour recevoir de l'amour. Mais l'amour inconditionnel est donné librement et en abondance. Tu mérites mieux que quelqu'un qui n'est capable de te donner qu'un bout d'amour. J'aurais voulu le dire à mon « moi » plus jeune. Si je pouvais lui parler, je lui dirais également que ce n'est pas sa responsabilité de réparer les gens, et que ce n'est pas son boulot de prouver qu'elle mérite d'être aimée. Les personnes qui t'aiment vraiment ne te feront jamais douter de la place que tu occupes dans leur vie ; jamais tu ne te demanderas si tu mérites ou non leur temps.

13

LE MEC DONT TU NE TE SOUVIENS PAS

MIKE ? OU MATT ?

LE GARS BASIQUE

SÉRIEUSEMENT,
C'ÉTAIT QUOI SON NOM ?

Notre premier *date* s'est déroulé dans « l'un des endroits les plus romantiques de Los Angeles » d'après Yelp. J'avais 26 ans, et nous nous sommes rencontrés parce que je l'avais swipé, complètement ivre, sur JSwipe (le Tinder juif). Même si j'étais moi-même difficile, j'espérais que quelqu'un me choisisse. Et voilà que soudainement, mazel tov ! On a matché !

Il avait des fossettes, un corps de dieu grec et n'habitait qu'à quelques kilomètres. C'était mon genre à la fois physiquement et géographiquement. Bon, c'est vrai que ses photos étaient un peu basiques : sur l'une d'elles, il tenait un enfant qui, comme le précisait sa bio, n'était pas le sien. Mais vu que notre conversation était vite passée de Messenger à un premier *date*, ça semblait plutôt prometteur.

J'étais soulagée de découvrir qu'il ressemblait aux photos qu'il avait postées. Quand j'ai tendu la main pour le saluer, il m'a prise dans ses bras. « On s'est déjà rencontrés », a-t-il murmuré. Mon visage est devenu rouge. Je n'arrivais pas du tout à le remettre.

« La soirée piscine d'Erica. Je suis son voisin », a-t-il dit en souriant. Je l'ai observé plus attentivement dans la faible lumière qu'offrait le bar. Je me rappelais effectivement de lui et de son corps d'Adonis brillant à la lumière du soleil de juin. Nous avions flirté puis emprunté des chemins différents. Je pensais le revoir, mais le temps a passé et nous ne nous sommes plus vus. J'ai même commencé à me demander s'il existait vraiment ou s'il était juste le fruit d'une imagination un peu trop influencée par le Prosecco et la chaleur de l'été.

Au début, j'étais exaltée à l'idée qu'il existe réellement, mais j'ai ensuite eu un sentiment étrange. Ça faisait plus ou moins une semaine qu'on se parlait. Pourquoi n'avait-il rien dit ? Pensait-il que j'aurais refusé le *date* si j'avais su que c'était lui ? J'ai vite été distraite par une flexion du muscle de son avant-bras alors qu'il trempait une carotte dans le bol de houmous.

En dehors de ce grand retour quelque peu flippant, le *date* se passait bien jusqu'au moment où il a commencé à parler de CrossFit. « Ça fait à peu près deux ans que je fais du CrossFit. Il y a un grand sens de la communauté dans ce sport ; t'as vraiment l'impression de faire partie de quelque chose. Hier, j'ai soulevé 110 kilos. T'imagines ? 110 kilos ! »

Ça m'a refroidie immédiatement. Je n'avais pas besoin de savoir *comment* il faisait pour avoir l'air d'un dieu grec ; je voulais juste qu'il en ait l'apparence. Est-ce que c'était à mon tour de lui dire comment je ressemblais à ça ? Je voulais lui raconter ma routine make-up :

GOÛT:	LOOK:	SON:	ODEUR:	RESSENTI:
Mayonnaise	A des yeux	Arrière-plan d'un match de foot à la télé	Vieille bière	Indifférent

« Je vais chez Sephora depuis le lycée. Il y a aussi un grand sens de la communauté au sein du programme fidélité Sephora ; t'as vraiment l'impression de faire partie de quelque chose ! Rien qu'hier, j'ai dépensé 110 $ là-bas. T'imagines ? 110 $ pour donner l'impression que mon visage n'est pas maquillé ? »

Je suis partie de ce *date* sans savoir ce qu'il faisait dans la vie, combien de frères et sœurs il avait, quel était son plat préféré. La conversation était ennuyeuse. On avait peu en commun en dehors du fait que nous étions voisins. Par contre, je n'ai jamais oublié à quel point il aimait le CrossFit.

Il n'y a pas eu d'autres *dates*. Je l'avais complètement oublié, jusqu'au jour où je suis retombée sur lui par hasard dans un café alors que j'écrivais ce bouquin. On a un peu parlé, et, en regardant ses yeux bruns (?), je me suis rendu compte de quelque chose. De la même façon que je n'arrivais plus à le remettre lors de notre premier rendez-vous, je n'arrivais plus à me rappeler son prénom. J'avais l'impression d'être une maman à la recherche du nom d'un acteur dans tel ou tel film.

Alors, j'ai envoyé un mail à mon amie Erica pour voir si elle pouvait m'aider. Elle m'a dit qu'il s'appelait Sam. Mais bien sûr ! Sam ! Je le savais. Elle m'a aussi donné son nom de famille, mais je n'étais pas sûre de l'orthographe du nom. Après ça, la chose la plus étrange s'est produite. Je ne le trouvais plus nulle part. Peut-être qu'Internet l'avait aussi oublié. Ou peut-être qu'il m'avait bloquée sur toutes les plateformes.

Je me suis alors souvenu d'un autre détail. Mon ancienne colocataire Sydney le connaissait aussi ! Elle n'avait jamais oublié la seule fois où j'avais mis un bordel monstre dans la cuisine. À tous les coups, elle se souviendrait de son nom aussi. Et ce fut le cas ! J'ai fini par le trouver sur Facebook et lui envoyer un message privé. Je pense que les conseils pour le mec dont tu ne te souviens pas vont dans les deux sens. Un de perdu, dix de retrouvés ! Et c'est particulièrement le cas sur les applications de rencontre. Concentre-toi sur ce qui te rend unique et, bientôt, tu trouveras la bonne personne.

Que faire quand tu ne te souviens plus du nom de ton *date*

Tu te rends compte que tu ne connais pas du tout le prénom de ton *date*.

↓

Présente-toi au barman/serveur pour que ton *date* se présente aussi

↓

Il n'était pas très aimable ? Montre-lui la photo gênante sur ton permis de conduire et demande à voir le sien !

↓

Il ne conduit pas ? Demande-lui quel est son pseudo sur les réseaux sociaux sur lesquels tu ne le suis pas encore !

↓

Il n'est pas sur les réseaux sociaux ? Quand l'addition arrive, insiste pour partager la note et jette un coup d'œil au nom inscrit sur sa carte bleue.

↓

Il paye en espèces ? Euh, dis-lui que tu veux lui envoyer un article drôle par e-mail et demande-lui son adresse

↓

Il n'y a pas son nom dans son adresse e-mail ? OK, demande-lui comment s'écrit son nom.

↓

« Comme ça se prononce ? » Commence à l'appeler « mec », « gars », « bro ».

↓

Il te demande d'arrêter ? Dis-lui que tu peux analyser la calligraphie des gens et que tu peux analyser la sienne s'il écrit son prénom.

↓

Il ne sait pas écrire son prénom ? Fuis !!

BOY BINGO

Il porte surtout des t-shirts 	Il porte occasionnellement la barbe 	Il aime le sport 
Il a plus d'une casquette de baseball 	Free space! 	Tu n'as aucune idée de la couleur de ses yeux 
Tu ne connais pas son nom en entier 	Il est allé à la fac ; tu ne sais juste pas laquelle 	Il a un gros crush sur Tom Brady. Ou était-ce Derek Jeter ? LeBron James ?

Quiz

SORS-TU AVEC UN GARS QUE TU VAS PROBABLEMENT OUBLIER ?

Vous êtes-vous trouvé des points en commun lors du premier rendez-vous ?

- **A** Oh mon dieu, oui ! J'en rigole rien que d'y repenser !
- **B** Est-ce que le fait qu'on aime tous les deux la musique et la bière, ça compte ?

Quand tu l'as rencontré pour la première fois, quel a été ton premier réflexe ?

- **A** De lui sauter dessus.
- **B** De lui faire la bise ou de lui serrer la main.

Comment est-il enregistré sur ton portable ?

- **A** Sous son nom entier et avec une photo super cute qui me fait sourire !
- **B** Il ne l'est pas…

Connais-tu bien sa vie ?

- **A** Plutôt pas mal oui ! Je sais tout de sa famille et ses cousins au troisième degré !
- **B** Je suis sûre qu'il a dû me la raconter, mais je n'ai pas trop été attentive.

Sais-tu ce qu'il fait comme boulot ?

- **A** Je sais tout de son travail, et je connais même le nom de ses collègues. Shannon a l'air super sympa !
- **B** Euh… il a un travail de bureau où il gagne de l'argent, je crois ?

Plus de A

J'ai l'impression qu'il mérite que l'on se souvienne de lui. Reste en contact !

Plus de B

Si tu ne fais pas l'effort d'apprendre à le connaître, il va bientôt n'être qu'une personne que tu as connue, autrefois.

L'avis de l'autre

Le mec que j'ai *daté* : Sam, 32 ans, 1 *date*

Déjà, c'était 120 kilos, pas 110. Et en plus, mes yeux sont verts.

Le couple : Vanessa, et James, 34 ans, ensemble depuis 10 ans

On s'est rencontrés au Nouvel An, et moi (James), j'étais dans une période de ma vie où je rencontrais beaucoup de femmes. J'avais même amené un *date* à cette soirée du Nouvel An, mais j'ai fini par la laisser tomber. Vanessa et moi, nous nous sommes embrassés, mais elle m'a rejeté. J'ai découvert qu'on s'était déjà rencontrés dix ans avant. J'ai eu honte de mon comportement alors je l'ai retrouvée sur Facebook et je lui ai proposé un dîner. Nous sommes allés en *date* et la suite, on la connaît. Notre conseil, c'est de donner une chance à ce gars ou à cette meuf dont tu ne te souviens pas, surtout s'ils sont persistants et sincères. Dans notre cas, ce qui nous a aidés, c'est que nous avions des amis en communs et qu'ils ont rassuré Vanessa sur le fait que j'étais un mec bien. Alors, vérifie les références de ton *date*. Ma femme ne m'a donné une seconde chance que parce que j'étais ouvert, honnête et persistant. Elle savait que je ferais d'elle ma priorité.

L'experte : Jen Glantz, demoiselle d'honneur professionnelle, @jenglantz

Un truc bizarre que j'avais l'habitude de faire à l'époque où je sortais avec pas mal de mecs, c'était que j'enregistrais le gars avec son prénom et un attribut particulier pour me souvenir de lui. Ça donnait des choses comme « Joe le joueur de hockey brun » ou « Alex du Lower East Side » (NDLT : quartier de New York). J'ajoutais même une photo à leurs contacts pour bien archiver. Quand je bosse en tant que demoiselle d'honneur professionnelle, c'est encore pire. J'ai un faux prénom et je dois me rappeler le prénom de tout le monde ! Je m'en sors en évitant de mentionner le nom des gens quand je leur parle. J'ai développé des techniques : je présente une personne avec qui je suis en premier, de cette façon, la personne en face répondra en disant son nom. Ou j'utilise la technique des réseaux sociaux : je demande à ajouter la personne sur Facebook, comme ça je peux voir leur prénom. C'est une tâche ardue !

14

LE MEC QUI N'EST QU'UN COUP D'UN SOIR

« JE TE JURE QUE C'EST QUELQUE CHOSE QUE JE NE FAIS JAMAIS ! »

MEC D'UNE NUIT

JE ME LE TAPE ET JE ME BARRE

Je me suis réveillée dans les bras de Peter, heureuse. Il ressemblait à Jeremy Sisto et, en tant que grande fan de *Clueless*, c'était dur d'y résister. Pourtant, j'ai réussi à me retenir de coucher avec lui le soir d'avant. Bravo à moi ! Mais il était si beau avec ses cheveux en bataille, ses yeux noisette brillant à la lumière du soleil, et je n'ai pas pu m'en empêcher. Est-ce que c'est vraiment un coup d'un soir si ça s'est passé le matin ? Je me suis dit que non.

J'avais rencontré Peter le soir dans un pub sportif : j'étais avec ma meilleure amie Lesley quand lui et ses potes nous ont mises au défi de gagner une partie de *beer pong*. Après notre défaite monumentale, ils nous ont offert un pichet de bière comme prix de consolation. C'est autour d'une pinte qu'on a appris qu'ils étaient d'anciens joueurs pro de basket. Le courant est tout de suite passé entre Peter et moi. Le fait qu'il soit célibataire et sur aucune application de rencontre était fascinant, car c'était quelque chose de rare en 2014. Il était fan de John Mayer, ce qui était d'autant plus fascinant au vu de l'interview que Mayer avait donné à *Playboy* en 2010.

En fin de soirée, Peter m'a demandé si je voulais aller chez lui. Ce n'est pas dans mon habitude de rentrer avec un homme que je connais à peine et que j'ai rencontré dans un bar. Mais, pour une raison inconnue, ou peut-être était-ce à cause du dernier shot de Jägermeister, j'ai accepté de rentrer avec ce séduisant inconnu.

Plus j'en apprenais sur Peter, et plus il me plaisait. Il avait un tourne-disque, il apprenait le français tout seul et il aimait cuisiner. Puis j'ai vu un ticket d'un concert de Nickelback encadré au mur. Et ce n'était pas le genre de ticket que tu prends pour la déconne, parce que ce serait marrant d'aller voir un concert de Nickelback. Non, c'était un ticket au premier rang. Au moment où j'ai écrit ces lignes, je me suis demandé si le groupe était vraiment si mauvais que ça. Alors j'ai écouté *How you remind me*. J'ai eu du mal à finir le premier couplet sans me boucher les oreilles et c'était la plus populaire de leurs chansons. Je n'arrive pas à m'imaginer écouter un concert entier.

Le matin suivant, j'ai donné mon numéro à Peter. Il m'a promis de me rappeler et a commencé à parler de se revoir. J'étais sûre que je serais assaillie de messages. Pourtant, quelques heures plus tard, alors que je racontais tout à Lesley autour d'œufs brouillés… toujours pas de message.

Lesley m'a assuré qu'il me renverrait un message. Après tout, elle avait vu la magie s'opérer entre nous. Alors j'ai continué mon dimanche comme si de rien n'était, vérifiant tout de même mon portable plus souvent que d'habitude. Il a

GOÛT:	LOOK:	SON:	ODEUR:	RESSENTI:
Jägermeister	Sait marcher d'un pas assuré	Ding dong ! Votre carrosse est avancé !!	Shampoing sec	D'indépendance !

écrit mon numéro sur un bout de papier plutôt que de l'enregistrer directement sur son portable. Et s'il l'avait mal écrit ? Ou peut-être que je n'étais pas encore bien remise de ma gueule de bois et que je lui avais donné le mauvais...

Impuissante, j'ai fini par le suivre sur Twitter en espérant que ce serait vu comme un petit coup de pouce. Je l'ai ensuite trouvé sur Facebook et j'ai vu qu'on avait une amie en commun. J'ai parlé à cette amie de lui et elle m'a révélé qu'ils étaient déjà sortis ensemble, mais qu'il était « trop collant ». Étrange. Peut-être qu'il la jouait détendu avec moi.

La semaine suivante – *Bing* ! –, il m'a envoyé un message où il s'excusait et m'expliquait pourquoi il avait mis autant de temps à me répondre. Il m'a dit qu'on avait passé un moment « fantastique ». Et qui ne voudrait pas un autre moment « fantastique » ? Voire une relation « fantastique » ? « Pas de souci. On se refait ça vite ! » lui ai-je répondu. Pas de réponse. Un autre jour est passé. J'ai ajouté : « ...ou pas. » Toujours aucune réponse.

À la place, il m'a laissé un message vocal. Un message d'une minute et quarante-et-une secondes de la part de Peter. Dans ma tête, j'étais persuadée qu'il allait m'inviter à dîner. Il était quand même assez vieille école (coucou le tourne-disque). Au lieu de ça, il m'a expliqué pendant une minute et quarante-et-une secondes qu'il n'était pas tant intéressé que ça par moi. Il disait des choses telles que : « T'es une personne drôle et cool », ou encore : « Si j'avais dix ans de moins, nous serions sûrement restés ensemble un bout de temps. » Tout ça pour finir par : « Après une nuit passée ensemble, je me suis rendu compte que nous n'étions pas faits pour être ensemble ».

Aïe.

Les coups d'un soir sont aussi libérateurs que problématiques. Non pas parce que le gars te verra comme une fille facile juste parce que vous avez couché ensemble après un date. Si c'est le cas, qu'il aille se faire foutre ! Quoique, attends. C'est déjà fait ça. Quand tu couches avec quelqu'un que tu viens de rencontrer, tu ne connais pas assez la personne. Parfois, ça mène à un deuxième rencard. Parfois, tu te rends compte le lendemain que ce n'était qu'un pauvre misogyne et qu'il vaut mieux ne pas aller plus loin. Mais, si tu as vraiment de la chance, ça finit sur un message vocal.

Qu'est-ce qu'il y a dans ton sac à main ? (Au cas où tu aies de la chance ce soir !)

- Des préservatifs : n'oublie pas de te protéger, surtout avec des inconnus !
- Des élastiques pour les cheveux, des épingles, une brosse, du shampoing sec : pour coiffer tes cheveux de TJB (Tout Juste Baisée) en jolie queue de cheval ou chignon élégant
- Des petites pastilles à la menthe ou du fil dentaire : pour garder une haleine fraîche et des dents impeccables
- Des lingettes démaquillantes : pour enlever le mascara qui coule sur ton visage
- Des échantillons de parfum : ce n'est peut-être pas ton odeur, mais ça sauve la mise quand tu ne peux pas te doucher
- Un mini-déodorant : les gens dans les transports te remercieront
- Des lunettes : « J'ai pas la gueule de bois ; TU as la gueule de bois »

BOY BINGO

Vous avez couché ensemble moins de 24 h après vous être rencontrés 	Pas de deuxième rendez-vous 	T'es rentrée avec les mêmes vêtements que la veille 
Tu ne le reverras plus jamais 	Free space ! 	Pas vraiment de compatibilité entre vous en dehors de la chambre
T'as fait quelque chose de gênant et ça te va parfaitement de ne plus le revoir	Le sexe était pas mal ¯_(ツ)_/¯	Ça reste un inconnu T TIM?

Quiz

FAUT-IL DONNER UNE DEUXIÈME CHANCE À TON COUP D'UN SOIR ?

Comment s'est passée la relation sexuelle ?

- Ⓐ Il y a au moins un de nous deux qui a fini !
- Ⓑ Rapide, mais satisfaisante.
- Ⓒ Incroyable.

Vous avez bien discuté ?

- Ⓐ On n'a pas beaucoup parlé…
- Ⓑ C'était fluide, mais je ne sais encore presque rien de lui.
- Ⓒ On a énormément de point en commun, c'est terrifiant

T'as bien dormi ?

- Ⓐ Non. Il a piqué toute la couverture et a pris toute la place au lit.
- Ⓑ Assez, mais ce n'était pas génial vu que c'est un inconnu.
- Ⓒ Profondément. J'ai même pu faire la petite cuillère.

Que s'est-il passé le lendemain ?

- Ⓐ Il n'avait qu'une hâte : que je décampe !
- Ⓑ On avait tous les deux des choses à faire, mais il a été adorable et on a échangé nos numéros.
- Ⓒ On s'est fait un brunch et, ensuite, il a appelé un Uber pour que je rentre chez moi en toute sécurité. C'était vraiment très gentil.

Plus de Ⓐ

Oublie son numéro : ce gars a l'air égoïste et il ne traite pas assez bien. Un autre rendez-vous n'y changera rien. À moins qu'il ne change vraiment, je pense qu'on peut lui dire « Merci, au suivant ! ».

Plus de Ⓑ

Mérite une deuxième chance : bon, OK, ce n'était pas parfait, mais ce n'était pas atroce non plus ! Les premiers rendez-vous, tout comme les premiers ébats sexuels, peuvent être incroyablement gênants. Dans cette situation, il y a un peu de potentiel. Ça vaut peut-être la peine d'avoir un deuxième rendez-vous en dehors de la chambre.

Plus de Ⓒ

Peut-être un futur copain ? Ce gars a l'air adorable et il a du potentiel. Il te traite comme une égale et vous avez beaucoup de points communs. C'est génial !

L'avis de l'autre

Le gars que j'ai *daté* : Peter, 40 ans, une nuit

Je n'ai aucunement l'intention de défendre Nickelback (et je ne ferais pas changer l'histoire, car je reconnais que c'est un peu un élément central ici), mais je préciserais tout de même que je suis compositeur et que je suis donc amené à assister à plein de concerts. Quoi qu'il en soit, j'apprécie que t'aies pris le temps de me contacter à ce sujet et je te souhaite tout le meilleur pour ce livre ! Je ne sais pas si j'ai d'autres conseils à ajouter parce que je pense que tu as déjà très bien conclu le chapitre.

Le couple : Lyssa, 31 ans, et Phil, 32 ans, ensemble depuis 7 ans

Lors de notre premier rendez-vous, nous nous sommes mis d'accord pour coucher ensemble. On voulait des aventures, et aucun de nous deux n'avait envie de s'investir dans une relation amoureuse. Mais nous voilà, sept ans plus tard. Ça s'est fait naturellement. C'était si simple et aucun de nous deux n'avait envie de partir voir ailleurs. Le plus important, c'est de communiquer, d'assumer les sentiments qui se développent. De se demander : est-ce que je commence à l'aimer ? Quand le sexe est le point de départ d'une relation, il est important d'établir des limites émotionnelles. Revérifie de temps en temps que tout va bien de ton côté, et maintiens les limites établies.

L'experte : Daliya Karnofsky, coach en relations amoureuses, animatrice du podcast *Not your therapist*

Si ce coup d'un soir était plutôt pas mal, fais-lui savoir que tu as apprécié et que tu aimerais recommencer. Pas besoin d'insister au-delà. Si c'est la même chose de son côté, il te rappellera aussi. Une relation dépend du timing et de l'alchimie entre les deux parties. Si l'un de ces deux éléments n'est pas au rendez-vous, il y a peu de chance que ça évolue en une relation de longue durée. Ce n'est pas possible de « détruire une potentielle future relation ». De façon générale, si tu souhaites une relation sérieuse, alors je recommanderais de ne pas recoucher avec la personne avant un certain temps. Le fait de coucher ensemble changera vos sentiments l'un pour l'autre, pour le meilleur ou pour le pire. Si tout se passe spectaculairement bien, il y a moyen que vous vous aimiez plus que cela n'aurait été le cas autrement, ce qui résulterait en une super relation sexuelle, mais une mauvaise relation amoureuse. Si c'est désastreux, cela pourrait ruiner vos chances d'aller plus loin malgré votre compatibilité. Si tu envisages une relation sérieuse avec ce coup d'un soir, il est préférable de ne pas recoucher avec la personne avant qu'elle apprenne à te connaître et que tu sois un peu plus sûre de tes sentiments. Dans l'ensemble, je pense que si deux personnes sont faites l'une pour l'autre, ce n'est pas le fait de coucher ensemble qui va y changer quoi que ce soit. Mais je trouve qu'il vaut tout de même mieux attendre de savoir ce que tu ressens pour la personne et ce que tu attends d'elle sans que la relation soit déjà parasitée par votre intimité sexuelle. Bon, après, il s'agit tout de même de ta vingtaine ! Couche avec qui tu veux et gâche toutes les relations que tu souhaites ! Ce sont même des choses que t'es censée faire ! Comment pourrais-tu savoir ce que tu aimes et ce que tu veux autrement ? Aie autant d'aventures que tu veux, mais prends soin de toi.

15

LE MEC FÉTICHISTE

CONTRIBUE À TON FÉTICHISME
OU INVERSEMENT

EH BIEN, C'EST NOUVEAU ÇA !

NE DIS PAS NON AVANT
D'AVOIR ESSAYÉ !!

Dès notre premier *date*, j'ai compris que « Andrew, 31 ans », rencontré sur une application de rencontre, était spécial. Déjà, évidemment, parce qu'il avait un accent britannique. Il avait beau avoir un décolleté plus plongeant que le mien, j'oubliais tout dès que j'entendais son accent.

C'est autour d'une assiette de frites que j'ai appris qu'il était divorcé. Je lui ai demandé s'ils étaient toujours en contact et il m'a répondu qu'ils s'étaient vus récemment et qu'ils avaient découvert qu'ils avaient tous les deux des goûts particuliers en matière de sexe.

Bon. J'ai eu un diplôme de journalisme et je n'allais pas sortir de ce rendez-vous sans savoir ce qu'il entendait par « goûts particuliers ». « T'as une salle de jeu ? T'aimes le bondage ? Les jeux de rôle ? », j'ai demandé.

Puis, plus doucement...

« Les pieds. D'autres trucs ? »

Il a acquiescé. J'ai croqué dans une *Shoestring fry* (NDLT : frites très fines dont le nom renvoie à des lacets de chaussure). *Était-ce la raison pour laquelle il les avait commandées ?*

À ce moment-là, mes connaissances en matière de fétichisme des pieds s'arrêtaient à un épisode de *Sex and the City* où Charlotte (l'ingénue) remarque l'excitation d'un vendeur qui la regarde mettre ses chaussures. Il fallait que j'en apprenne plus.

Andrew, 31 ans, me raconta qu'en grandissant, il allait souvent dans une maison close où l'on pouvait admirer des pieds de femmes le long d'une galerie. Je lui demandais s'il avait une préférence en matière de pieds, et il répondit qu'il les préférait propres et manucurés. Comment pouvait-il aimer les pieds et ne pas savoir que le mot n'était pas « manucure », mais « pédicure » ?

On a continué à se parler après ce *date*. Je l'aimais bien parce que lui, au moins, me répondait. Peut-être que ça pouvait marcher ! Un jour, alors que je choisissais ma tenue, il m'a demandé une photo et a ajouté : « Et n'oublie pas de montrer les chaussures. » Je lui ai envoyé une photo de ma petite robe fleurie et de mes talons aiguilles roses, retenant mon souffle au moment où j'appuyais sur le bouton « envoyer ». Je n'avais jamais envoyé de *nudes* (avec ma tête sur la photo), mais ça, ça semblait plus obscène encore. Et ce n'était pas une question de jugement : après tout, les gens pouvaient bien faire ce qu'ils voulaient, tant que c'était entre deux adultes consentants.

J'ai eu honte en réalisant que je venais d'abandonner ma virginité des pieds. Et dire qu'il fut un temps où je voulais me

GOÛT:	LOOK:	SON:	ODEUR:	RESSENTI:
Dur à avaler	A l'air d'avoir un secret	*Love Me Like You Do* de Ellie Goulding	Cuir	Hors de ta zone de confort

préserver pour le mariage. J'aurais peut-être dû préserver autre chose pour le mariage. Mes pieds par exemple.

Puis j'ai entendu la voix de ma grand-mère Antoinette dans ma tête : « Ne dis pas non avant d'avoir essayé, Gabriella ! » Bon, bien sûr, elle faisait alors référence à ses pâtes « fasul » (NDLT : spécialité culinaire italienne), mais c'était peut-être ça la clé pour trouver l'amour : être plus ouverte d'esprit au lit ! Nous cherchions tous les deux chaussure à notre pied. La différence étant que nous ne cherchions pas le même genre de chaussure.

Andrew, 31 ans, et moi avons fait quelques *dates* jusqu'à ce que je me sente prête. Pour l'occasion, j'avais fait une pédicure. Après tout, il avait dit aimer « les pieds propres et manucurés (pédicurés) ». C'était la moindre des choses à faire. J'ai choisi un vernis à ongles violet et, je ne l'invente PAS, le nom de cette couleur était « passe-partout ».

J'ai dépensé 60 $ au spa pour qu'ils m'enlèvent toutes les peaux mortes. Mais, lorsque le pédicure est passé à la plante des pieds, j'ai commencé à ressentir des chatouilles. Si je n'arrivais pas à rester tranquille pendant une séance de pédicure, comment allais-je faire pour perdre ma virginité des pieds ?

Je me suis préparée pour ce *date* en me concentrant sur les chaussures que j'allais mettre.

Des talons ?

Non, ça allait ruiner ma pédicure.

Des chaussures ouvertes ?

Non, ça fait trop « fille facile ».

J'ai fini par choisir des petites bottines que j'ai mises avec des chaussettes pour qu'il y ait plus de choses à enlever plus tard. Maman, papa, c'est le bon moment pour arrêter votre lecture.

Une fois chez lui, il est descendu au niveau de ma ceinture, puis plus bas encore. Il a lentement retiré mes bottines avant de passer à mes chaussettes. Il n'a pas fait l'amour à mes pieds. Il les a juste léchés. Je me suis retenue de respirer afin de ne pas rire. J'avais l'impression qu'il grignotait le reste des peaux mortes, comme les petits poissons qu'on voit dans les spas. Honnêtement, l'expérience était un peu choquante. Et comment se faisait-il qu'après 60 $ de pédicure, j'aie encore des peaux mortes ?

J'ai arrêté de voir Andrew, 31 ans, après cette nuit. Et ce n'était pas à cause de son fétichisme pour les pieds, mais plutôt parce qu'il habitait à Santa Monica alors que j'étais du côté de West Hollywood, ce qui faisait au moins une heure de transports si tout se passait bien. Cruel, n'est-ce pas ? Mais j'ai appris une leçon très importante : ne dépense jamais 60 $ de pédicure pour un gars que tu viens de rencontrer sur une application. Fais-le pour toi-même.

BOY BINGO

Toujours prêt pour l'aventure 	Tu devines qu'il a un secret 	La position du missionnaire l'ennuie 
Il apprécie les accessoires au lit 	Free space ! 	Ses fétichismes sont un peu en dehors de ta zone de confort, mais tu es d'accord pour essayer
Incroyablement sexy 	Tu regardes *Cinquante nuances de Grey* en boucle depuis que vous avez commencé à vous fréquenter	Tu es curieuse — tu es très curieuse 

Quiz

PEUX-TU SORTIR AVEC UN MEC FÉTICHISTE ?

Ton partenaire est-il aussi d'accord pour explorer ce qui t'excite ?

- **A** Pas vraiment. Ça tourne plutôt autour de ses envies.
- **B** Oh carrément ! Il adore me faire plaisir.

Est-ce consenti ? Te sens-tu en sécurité ?

- **A** Honnêtement, je ne suis pas tout
- **B** Toujours. On a un *safe word* et il

le temps partante et je ne sais pas comment lui dire..

m'écoute toujours attentivement.

Communiquez-vous bien ?

Ⓐ Pas vraiment. On a du mal à s'écouter l'un l'autre à l'intérieur et en dehors de la chambre.

Ⓑ Incroyablement bien. On est pas mal sur la même longueur d'onde.

Est-ce que tu t'imagines continuer à avoir de telles relations sexuelles pendant encore longtemps ?

Ⓐ Pour l'instant, c'est amusant, mais j'y repense souvent.

Ⓑ Complètement ! Je ne me vois pas revenir en arrière maintenant pour être honnête.

Cette personne te plait-elle en dehors du lit ?

Ⓐ Pas trop, mais nos relations sexuelles sont vraiment bonnes.

Ⓑ Complètement. Notre relation va au-delà du sexe.

Plus de Ⓐ

Tu n'as pas l'air d'être à fond. Tu devrais avoir l'impression d'être son égale, et ce, non seulement dans votre relation, mais aussi au lit. Essaie de parler de tes inquiétudes à ton partenaire et vois si vous pouvez résoudre ça.

Plus de Ⓑ

J'ai l'impression que tout se passe bien pour vous. Continuez à communiquer et n'oublie pas de parler si quelque chose te rend mal à l'aise.

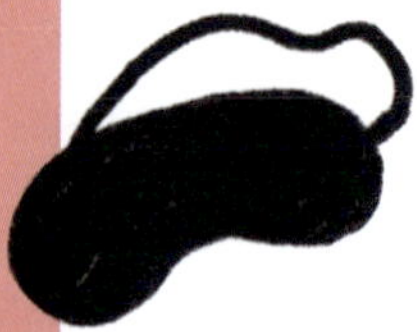

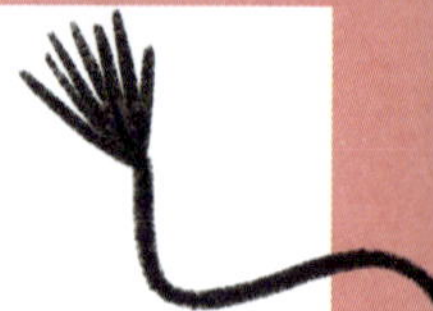

Kink vs. Fétichisme

FÉTICHISME: fixation sexuelle sur un acte ou un objet sans lequel une personne ne peut être sexuellement satisfaite

KINK: plus englobant et inclut une variété d'intérêts sexuels ou de fantaisies (par exemple : le BDSM ou le jeu de rôle)

Types de fétichismes/*kinks*:

Bondage :
pratique qui consiste à être attachée ou à attacher ton partenaire

Étouffement :
pratique qui consiste à étouffer son partenaire

Jeu de rôle :
les deux partenaires jouent le rôle d'un personnage et se mettent en scène dans des situations différentes de la leur (professeur/élève, docteur/patient, etc.)

Candaulisme :
excitation à l'idée que ton partenaire couche avec quelqu'un d'autre

Humiliation :
excitation à l'idée d'être insultée

Domination :
pratique qui consiste à dominer son partenaire au lit

***Impact play* :**
pratique qui consiste à fouetter ou à donner la fessée à son partenaire

Sadomasochisme :
pratique qui consiste à trouver du plaisir dans la douleur et l'humiliation

Électrostimulation :
pratique qui consiste à prodiguer des petits chocs électriques

RAPPEL :
TOUS LES FÉTICHISMES SONT DES KINKS, MAIS TOUS LES KINKS NE SONT PAS DES FÉTICHISMES.

Lingerie :
beaucoup de personnes trouvent ça sexy, mais lorsqu'elle est nécessaire pour ressentir de l'excitation, alors ça devient un fétichisme

***Sensation play* :**
pratique qui consiste à recevoir ou à procurer des stimuli

Pieds :
le plus commun. Va du massage au léchage de pieds, en passant par le plaisir à se faire marcher dessus ou encore à sentir des chaussures sales

Voyeurisme :
excitation à l'idée de voir d'autres personnes nues ou de les voir coucher ensemble

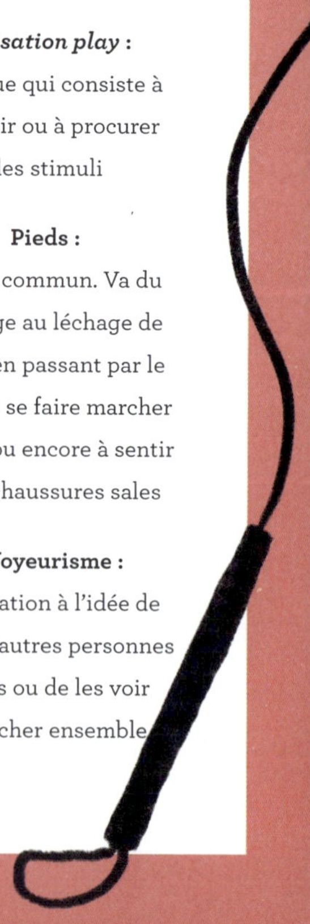

L'avis de l'autre

Le gars que j'ai *daté* : Andrew, 33 ans, un mois de relation

Ça n'a pas fonctionné entre nous parce que nous n'étions tout simplement pas sur la même longueur d'onde. Je ne pense pas qu'il y ait vraiment d'autres raisons. Je n'ai pas très envie de remuer le passé et je ne pense pas que ma copine actuelle serait très contente à cette idée.

Le couple : Sabrina, 30 ans, et Walker, 31 ans, ensemble depuis 9 mois

Le partenaire de Sabrina aimait l'idée qu'elle le trompe, alors elle voulait qu'on se filme en train de coucher ensemble et qu'on lui envoie la vidéo. C'était génial et j'étais très excité à l'idée que je répondais non pas à un, mais à deux fantasmes. Je suis un peu exhibitionniste, après tout. La différence entre un *kink* et un fétichisme, telle que je la comprends, c'est qu'un *kink* est quelque chose qui va beaucoup t'exciter, tandis qu'un fétichisme, c'est quelque chose dont tu vas avoir du mal à te passer pour te sentir excité. Dans les deux cas, l'important est de garder l'esprit ouvert et de communiquer. Il y a pas mal de stigmates et de honte concernant ces pratiques-là, et c'est facile de se laisser emporter par ça. Si la personne avec laquelle tu sors te confie son *kink*, même si ce n'est pas ton truc, n'oublie pas qu'elle se met en position de vulnérabilité en faisant ça. Alors, écoute-la avec un esprit ouvert. Bien sûr, cela ne veut pas dire que tu lui dois quoi que ce soit. Il est important de se faire confiance. Si ton partenaire en parle dans le respect, que ton consentement (ou absence de consentement si ce n'est pas ton truc) lui tient à cœur, et que t'es un peu intéressée, pourquoi ne pas essayer ? Qui sait ? Peut-être que ça t'amusera plus que tu ne le penses !

L'experte : Maîtresse Mina, dominatrice, @MistressMina

Les pieds sont le fétichisme le plus courant. C'est quelque chose que je rencontre tous les jours dans mon métier donc je m'y suis vite faite. Si tu sors avec quelqu'un qui a un fétichisme des pieds ou n'importe quel autre fétichisme, il est important d'en parler. Penses-y comme à une sorte de préliminaires — il ne faut pas que cela constitue l'entièreté de votre vie sexuelle. On va dire que 30 % de votre vie sexuelle devrait tourner autour de son fétichisme, et 70 % autour de tes préférences. Dans tous les cas, assure-toi de bien communiquer tes limites.

16

LE MEC QUI N'EST PAS VRAIMENT INTÉRESSÉ

TE DEMANDE RAREMENT DE SORTIR

PREND PLUS DE TROIS HEURES
À TE RÉPONDRE

RENCONTRÉ EN LIGNE

Quand j'étais petite, j'étais dégoûtée par la pilosité faciale. C'était assez problématique parce que j'ai grandi dans les années 1980, entourée de ma famille italienne. J'ai, au fur et à mesure, arrêté de pleurer à chaque fois que je voyais du duvet, mais je restais repoussée par les barbes parce qu'elles étaient synonymes d'inconnu : que se cachait-il sous cette barbe ? Des restes de nourriture ? Un visage disgracieux ? Avoir une barbe était un peu un tue-l'amour pour moi, jusqu'au jour où j'ai rencontré Dean.

La barbe de Dean était toujours bien taillée. C'était un beau gosse dont la galanterie me rappelait les Rat Pack. Lors de notre premier *date*, en terrasse d'un bar, il a insisté pour que je prenne un Negroni. Ayant grandi dans une famille italienne, ce cocktail amer m'était familier et il me faisait toujours penser au goût du sirop pour la toux. Malheureusement, les beaux yeux bleus de Dean m'empêchaient de refuser. J'ai pris ma première gorgée, j'ai aimé, et j'ai commencé à aimer Dean également. Après ce verre, Dean m'a demandé si je voulais tester le nouveau restaurant à la mode de West Hollywood. J'étais impressionnée par sa façon de connaître tout le monde. J'ai tout de suite compris son attrait. Après le dîner, il m'a emmené dans un pub assez douillet pour un dernier verre. Il m'a dit que ce pub était un peu comme sa deuxième maison et qu'il y amenait rarement ses *dates*. Je me suis sentie spéciale. Puis il m'a embrassée.

Le week-end suivant, j'ai été invitée à faire un barbecue chez lui. J'ai amené les cornichons que j'avais achetés chez mon fournisseur officiel de cornichons, parce que c'est tout à fait normal d'avoir un fournisseur officiel de cornichons après avoir habité aussi longtemps à Los Angeles. J'ai été gênée de découvrir que, malgré les apparences, Dean n'aimait pas les cornichons. Comment cet homme pouvait-il tant aimer les cocktails sans apprécier les cornichons ? Plus tard, le soir même, nous avons célébré nos origines italiennes communes au Festival italien. Nous nous attendions à ce qu'un orchestre reprenne Sinatra, à une sélection raffinée de nourriture italienne et à ce que le Chianti coule à flots. À la place, nous avons été déçus par les nappes à carreaux rouges, le (seul) traiteur présent, et l'emplacement – un parking. Nous nous sommes rabattus sur la salle d'arcade du coin pour prendre des photos dans un photomaton et mettre des paniers. On avait beau être dimanche soir, c'était toujours la fête avec Dean. Puis j'ai commencé à me rendre compte que nous étions rarement seuls. Que ce soit au bar ou au restaurant, il fallait toujours qu'il passe son temps à parler avec

GOÛT:	LOOK:	SON:	ODEUR:	RESSENTI:
La coriandre, mais pour toi la coriandre et le savon ont le même goût	Plus beau que sur les photos	*That's Life* de Frank Sinatra	Le grand air	Comme si t'avais trouvé rapidement un taxi de libre

le personnel. J'ai appris qu'il était représentant d'une marque d'alcool (bien sûr) et que, techniquement, il était encore au boulot, même lors de nos rendez-vous. Ça ne m'a pas dérangée. Dean me plaisait de plus en plus, tout comme le goût amer des Negroni.

Un matin, je lui ai posé la question tant redoutée. On se fréquentait depuis déjà quelques mois, période au cours de laquelle nous avions eu de nombreux rendez-vous.

« Dean, qu'est-ce qu'on fait ? », ai-je demandé.

« Euh... on est couchés au lit », a-t-il répondu d'un ton monotone.

« Non, je veux dire entre nous. Qu'est-ce qu'il y a entre nous ? »

Dean a soupiré et fixé les vélos qui étaient alors accrochés à son mur. Après ce qui m'a semblé être une éternité, je lui redemandai : « Alors ? À quoi tu penses ? »

« Je suis en train de penser au fait que je dois regonfler ces pneus », répondit-il, sèchement. Il ne pouvait pas être plus clair : il ne voulait pas sortir avec quelqu'un pour le moment. Je me suis accrochée à ce « pour le moment ». Plus on se fréquentait, et plus je remarquais que j'étais toujours celle qui démarrait la conversation. Il répondait toujours à mes messages, mais ça pouvait lui prendre des heures, voire des jours. Il n'avait jamais d'excuse, et d'ailleurs, il ne m'en devait pas. Lors de notre dernier rendez-vous, nous sommes allés voir *Nocturnal Animals*, un film qui — *spoiler alert* — finissait sur Jake Gyllenhaal posant un lapin à Amy Adams. Pas parce qu'il ne l'aimait pas, mais pire : parce qu'il s'en fichait. C'était un peu symbolique de notre relation à Dean et à moi. Après ce *date*, j'ai arrêté de contacter Dean et je n'ai plus jamais entendu parler de lui.

Le contraire de l'amour n'est pas la haine, c'est l'indifférence. Dean ne m'avait de toute évidence jamais aimée ou détestée : il avait tout simplement été indifférent. Puis, un soir où j'étais sortie avec des amies, j'ai pris une gorgée de mon Negroni et, alors que le goût amer du cocktail coulait dans ma gorge, je me suis rendue compte que les Negroni, les barbes, et Dean m'indifféraient. Pourquoi gâcher son temps avec un mec qui n'est pas vraiment intéressé par toi ? Tu rates peut-être un gars pour qui c'est le cas.

Comment te distraire lorsque tu attends un SMS de sa part

- O KonMari (NDLT : méthode de rangement de Marie Kondo) tout ton appartement.
- O Fais ta lessive.
- O Écris une comédie musicale.
- O Crée un tableau Excel détaillé de tous les gars avec lesquels tu es sortie.
- O Apprends à cuisiner un nouveau plat !
- O Lis un livre !
- O Apprends à préparer ton cocktail préféré !
- O Supprime toutes les photos qui prennent trop de place sur ton portable.
- O Écris une chanson.
- O Essaie-toi à la poésie.
- O Appelle ta mère !
- O Appelle tes amis !
- O Vu que tes amis ne te répondent pas non plus, regarde *Friends*.
- O Retrouve tous les couvercles de tes tupperwares.
- O Prépare toutes tes tenues pour la semaine suivante

BOY BINGO

Il met au moins trois heures à te répondre	Tu es toujours celle qui prévoit les plans 	Drôle ! 
Toujours occupé 	Free space! 	Il ne sait pas écrire de messages 
Il est différent depuis que vous avez couché ensemble	Il est distrait lorsque vous êtes ensemble 	Il répond « peut-être » lorsque tu lui proposes des plans

Quiz

N'EST-IL VRAIMENT PAS INTÉRESSÉ PAR TOI ?

Qui propose le plus souvent de sortir ?

- **A** Moi, mais c'est quelqu'un de très occupé et je comprends totalement.
- **B** Surtout lui.

Combien de temps met-il à répondre à tes messages ?

- **A** Au moins trois heures, parfois des jours.
- **B** Il revient généralement vers moi dans une limite de temps raisonnable.

Quand vous sortez, sur quoi/qui porte-t-il son attention ?

- **A** Tout sauf moi.
- **B** Surtout sur moi.

Semble-t-il jaloux lorsque d'autres hommes s'intéressent à toi ?

- **A** Non, il m'encourage généralement à aller leur parler.
- **B** Un peu, mais pas de façon trop possessive.

Est-il déjà sorti de sa zone de confort pour toi ?

- **A** Pas vraiment. Maintenant que j'y pense, c'est vrai qu'on fait surtout des choses qui l'arrangent.
- **B** Oui. L'autre jour, il est venu avec moi chez des amis alors qu'ils habitent de l'autre côté de la ville et que lui sortait d'une journée de boulot éprouvante.

Plus de A

Ça s'annonce mal. On dirait bien que tu es celle qui fait le plus d'efforts, or une relation va dans les deux sens, c'est un partenariat. Essaie d'avoir une conversation avec lui pour lui parler de ce que tu ressens et voir s'il t'écoute.

Plus de B

C'est plutôt prometteur ! Mais si tu n'es pas sûre de l'intérêt qu'il te porte, il n'y a qu'une façon de le découvrir : demande-lui !

L'avis de l'autre

Le gars que j'ai *daté* : Dean, 32 ans, 2 mois de relation

C'est pas mal. C'est bizarre à lire, tu vois ? Mais je pense que tu as bien cerné notre relation. Les putains de cornichons, haha. J'avais oublié ça. J'essaie vraiment de me forcer à les apprécier. Mais oui, ça s'est plus ou moins passé comme ça. Tu pourrais même être plus dure sur la façon de décrire mon détachement, etc. Mais merci pour ta générosité. Je pense que les femmes comprennent bien avant les hommes lorsqu'il y a un manque de compatibilité. Ou peut-être que les hommes s'en foutent un peu. Mon conseil serait peut-être de l'accepter lorsque tu en vois les signes et d'aller de l'avant plutôt que d'attendre ?

Le couple : Tina et Michael, 34 ans, ensemble depuis 2 ans et demi

Nous nous sommes rencontrés en ligne, mais après un mois, il n'avait toujours pas fait le premier pas, alors j'ai cru qu'il était gay. Deux ans plus tard, nous nous sommes retrouvés pour dîner, et là, il a fait le premier pas. Je lui ai ensuite dit que j'aurais dû me marier avec lui et que j'avais raté ma chance. Deux mois plus tard, nous étions fiancés ; sept mois après, nous étions mariés. Nous voilà maintenant, deux ans et demi après, toujours mariés et parents d'une petite fille et d'un autre bébé qui est en chemin

L'expert : Andy Mizrahi, 31 ans, homme le plus swipé à droite de Tinder en 2018, @andymizrahi

Au printemps 2018, j'ai reçu la notif qui disait que j'avais été swipé plus de 10 000 fois. Mais j'étais plus difficile à matcher. Je ne suis pas un de ces gars qui passe sa journée à swiper à droite. À vrai dire, je prends le temps de lire les profils et de choisir ceux qui m'intéressent, que ce soit sexuellement ou plutôt en termes de personnalité. Je suis plutôt difficile et je préfère rencontrer les gens. Je réserve Tinder aux plans cul. Je n'ai jamais considéré cette application comme une façon sérieuse de sortir avec quelqu'un. Je réponds lorsque la personne m'intrigue, m'intéresse, est sexy ou juste drôle. Oui, je réponds toujours aux femmes drôles. Bon, c'est vrai que j'aime beaucoup lorsque ça charrie. Quand ça arrive, je continue généralement à parler à la personne

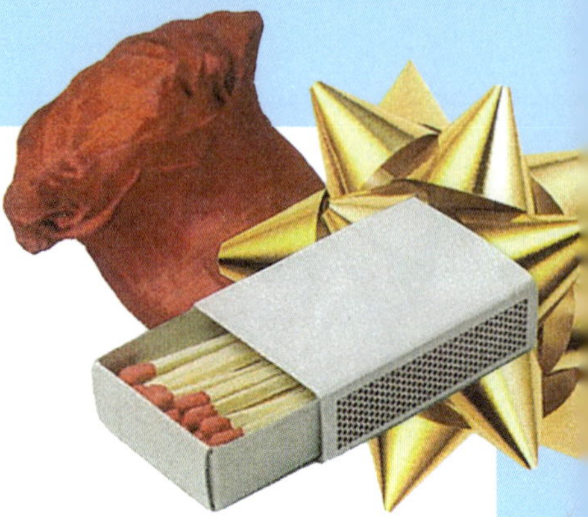

17

LE MEC QUI A L'AIR PARFAIT

GÉNIAL (MAIS PAS POUR MOI) !

PARFAIT, MAIS PAS D'ÉTINCELLES !

C'EST UN MATCH !

Je suis restée bouche bée devant le poster d'un Frank Sinatra incarcéré qui se trouvait dans l'appartement de Brian. « Je pensais que tu détestais Sinatra ». Je n'avais pas pu m'empêcher de faire la remarque. « C'est le cas. Mais cette photo est géniale. » Mon père, un Américain aux origines italiennes, n'aurait pas approuvé.

La nuit précédente, je lui avais avoué que *Soliloquy* de Frank Sinatra avait le don de toucher ma corde sensible. « Tous ceux qui aiment Sinatra l'aiment à cause de leur père », avait-il répondu. Je voulais défendre ma passion pour *Ol' Blue Eyes*, mais je n'ai réussi qu'à envoyer un emoji embarrassé.

Je laissais beaucoup de choses couler avec Brian. J'avais 29 ans et le fait de ne pas encore avoir rencontré la bonne personne me faisait paniquer. Après les résultats accablants des élections de 2016, je m'étais dit qu'un peu d'amour ne pouvait pas faire de mal. Pendant que mes amis défilaient dans les manifestations, moi je défilais dans les bureaux des entremetteurs.

Les entremetteurs que j'avais embauchés m'avaient fait remplir un formulaire où j'ai dû dévoiler que je cherchais un homme grand, drôle, intelligent, qui portait parfois des lunettes. Je rencontrais un nouveau prétendant toutes les deux semaines, mais ça n'allait généralement pas plus loin qu'un verre. Jusqu'à ce que je rencontre Brian. Lors de notre premier rendez-vous, on a échangé autour d'un verre de margarita nos points de vue sur ce que l'on attendait de nos partenaires. On s'est rendu compte que nos descriptions définissaient vraiment l'autre. J'étais marrante et plutôt blonde, et lui portait parfois des lunettes ! J'ai vite senti une certaine alchimie entre nous. Enfin, je veux dire, *bien sûr* qu'il y avait de l'alchimie. Ça semblait être le match parfait !

Après ce date, on s'envoyait des SMS en continu, et nous nous étions pas mal rapprochés parce qu'on était tous les deux d'accord pour dire que les *posts* Instagram de Martin Scorsese étaient assez ridicules (pour un réalisateur de renom, il postait beaucoup de photos à contre-jour). Ce vendredi-là, Brian a proposé que l'on se revoie pour un deuxième *date*. Le plan était de se retrouver chez lui pour l'apéro avant d'aller dîner dans une petite brasserie française.

J'étais impressionnée par la décoration de son appartement. Du coin de l'œil, j'ai remarqué cinq présentoirs à gâteaux.

GOÛT:	LOOK:	SON:	ODEUR:	RESSENTI:
Pizza végane et sans gluten	Correspond à ton idéal physique, mais, en réalité, ne t'attire pas	*Everything You Want* de Vertical Horizon	Un manuel scolaire tout neuf	Sexe sous la douche

« Tu dois vraiment beaucoup aimer les gâteaux. » Il ne comprenait pas de quoi je parlais. « Pourquoi est-ce que t'as autant de présentoirs à gâteaux ? » « Ah, c'est ma mère qui a décoré. » C'est là que j'ai remarqué le pot-pourri, les multiples bougies, les coussins décoratifs. Autant d'attentions qu'un homme hétéro de 30 ans n'aurait pas pu avoir sans une présence féminine tenace. Il m'a servi un verre de ce qu'il appelait « tequila fumée » (Mezcal) avec des glaçons et de l'Ice Tea sans sucre. J'ai pris une gorgée et retenu une grimace.

Pendant le dîner, il m'a posé des questions très directes en couvrant tous les sujets, de ma relation à avec ma mère jusqu'à celle avec mon ex toxique. Quand ça a été à mon tour d'évaluer les dégâts, il a répondu : « Ma vie a été plutôt géniale jusqu'ici. » Il m'a demandé pourquoi je ne touchais pas à mon assiette. Pour être tout à fait honnête, le veau était trop cuit et le risotto avait un goût de chlore.

On est retournés chez lui et, toujours avec nos verres de Mezcal et d'Ice Tea sans sucre, on s'est fait écouter nos chansons préférées. J'avais mis *Africa* de Toto, chanson qu'il trouvait « trop basique », et lui a enchaîné sur *Chateau Lobby #4 (in C for Two Virgins)* de Father John Misty. Alors que le chanteur chantait « *and I haven't left your bed since* » (NDLT : « et je n'ai pas quitté ton lit depuis »), il m'a embrassé, et tous les jugements que je portais sur Brian ont fondu en même temps que les glaçons dans mon verre.

Le matin suivant, dans le Uber pour rentrer chez moi, j'ai changé son nom sur mon portable : il est passé de « Peut-Être Brian » à « Brian ». J'étais sûre qu'il me rappellerait, mais ce ne fut pas le cas. C'était bizarre. On avait pourtant l'habitude de se parler tous les jours. Je lui ai laissé un peu de temps.

Je n'ai réussi à tenir que jusqu'à 21 heures le lundi suivant. Je lui ai envoyé un message qui disait : « Super nouvelle ! Je suis bien arrivée à la maison en Uber ! » On a rigolé de mon pseudo-kidnapping. Puis j'ai vu les trois petits points gris apparaître à l'écran.

Écrit...

Écrit...

Écrit...

Enfin, après ce qui me parut être une éternité, il répondit : « Gabi, je ne sais pas quoi faire... En toute honnêteté, je ne sais pas si notre relation a vraiment du potentiel sur le long terme. À ce stade de ma vie, je suis obligé de me demander "Est-ce ma future femme ?" après chaque *date*. J'aimerais qu'on continue à se voir, mais je ne sais pas à quel point ce serait sérieux entre nous... »

Puis ça m'a frappé. Moi-même je n'envisageais pas cette relation sur du long terme. Ce n'était pas mon futur mari que j'avais là. Comment pourrais-je expliquer à mon père que Brian trouvait Chairman of the Board surcoté ? Et il y avait cette histoire de présentoirs à gâteaux. *Pourquoi possédait-il tant de présentoirs à gâteaux ?* C'était dingue. Peu importe que l'on soit le couple parfait sur papier ; en personne, nous n'étions juste pas compatibles..

BOY BINGO

Compatibles astrologiquement	Vous avez été présentés	Il correspond exactement à ce que tu dis vouloir chez un partenaire
Vous avez matché sur toutes les applications de rencontré	Free space !	Peut-être mieux en tant qu'ami ?
Sexualité vanille	Tu ne lui aurais même pas adressé la parole au lycée ou à la fac	Tu veux vraiment qu'il te plaise

Ton CV relationnel

Toi aussi, tu es parfaite ! Pour te le rappeler, crée ton CV relationnel. (Voici le mien, par exemple.) C'est plutôt marrant à faire quand tu t'ennuies en attendant la réponse de quelqu'un. Ne mentionne pas les *dates* potentiels. Ou si. Fais comme tu veux !

NOM

Gabi Conti

OBJECTIF

Trouver l'amour là où il n'y a pas d'espoir. Un partenaire qui sera mon complice, un égal, quelqu'un qui m'aime telle que je suis, mais qui me challenge tous les jours.

1. EXPÉRIENCE

Celui que je pensais être le bon
2017–2018

Ai vécu avec un grand gamin de 33 ans grâce à qui je suis passée maître dans l'art du cosplay et ai appris à tolérer les jeux vidéo. Connais tous les films *Mission impossible* et ai développé une réelle appréciation de Tom Cruise. (Il fait toutes ses cascades lui-même, c'est DINGUE !)

2. COMPÉTENCES

Sais utiliser AOL Instant Messenger, Messenger, Gchat, Skype, WhatsApp, glisser dans les DMs, envoyer des SMS, envoyer des SMS bourrée sans avoir l'air bourrée, appeler en étant bourrée, faire des selfies, faire des FaceTime. Parle couramment le Bro, le Geek, le Vegan, le Hipster. Amatrice de beuh. Excellente cuisinière, intervenante inspirante, décoratrice d'intérieur, et femme trophée. Géniale avec les beaux-parents, les chiens et les chats.

Celui qui était plus jeune que moi
2016

Ai développé goût et respect pour la troisième mi-temps.

Celui qui n'était pas mon copain
2015

Ai découvert que six mois est la relation la plus longue possible sans étiquette.

Celui qui était plus cool que moi
2011 – 2012

Ai appris à aimer la house, les boîtes de nuit et les matchs de football américain. Ai développé une certaine capacité à décoder les SMS bourrés et à connaître l'emplacement exact de ses affaires (portefeuille, clés, portable). Ai appris à coordonner les arrivées et sorties d'aéroport.

Celui qui était plus vieux que moi
2010 – 2011

Ai développé une haute tolérance pour l'émission *Cash Investigation*, les longs dîners, et la musique classique. Peux à présent bien me tenir en présence de personnes plus âgées.

3. FORMATION

Camp de vacances pour filles
1997 – 2002

Acquisition de compétences essentielles telles que se lisser les cheveux, se raser les jambes et flirter avec les garçons de l'autre camp de vacances sans avoir l'air désespérée.

Alpha Epsilon Phi
2005 – 2009

Maîtrise du cul-sec de champagne de basse qualité et de l'organisation de soirées à thèmes. Perfectionnement de la capacité à s'intéresser à des choses qui ne sont vraiment pas intéressantes!

Quiz

FAUT-IL SORTIR AVEC LE MEC QUI A L'AIR PARFAIT ?

Es-tu attirée par lui ?

- **A** Pas vraiment.
- **B** Ouais, il y a définitivement des étincelles entre nous. Peut-être pas des feux d'artifice, mais au moins quelques étincelles.

Comment se passent vos conversations ?

- **A** C'est une véritable torture à chaque fois.
- **B** Si bien ! On n'arrête pas de s'envoyer des messages. Il est si drôle.

Vos goûts (musique, nourriture, films, séries, etc.) sont-ils compatibles ?

- **A** On n'arrive à se mettre d'accord sur rien.
- **B** On est plutôt compatibles. Enfin, nous n'avons pas exactement les mêmes goûts, mais nous avons assez de points en commun.

Est-ce que tu te vois coucher avec lui ?

- **A** Beurk, non.
- **B** À vrai dire, oui. Je suis sûre qu'il est doué au lit.

Quand vous faites des activités ensemble, qui décide du programme ?

- **A** Toujours lui. Il rejette mes idées à chaque fois.
- **B** C'est plutôt 50/50 !

Plus de A

Ce gars est peut-être parfait sur papier, mais dans la pratique (ou plutôt, en personne) il n'a pas l'air exceptionnel. Vous semblez avoir du mal à vous raccorder. Si tu penses que ça en vaut la peine, attends un peu et laisse la relation se développer naturellement.

Plus de B

Il y a beaucoup de potentiel ici ! Je pense que tu te poses trop de questions. Laissez-vous du temps et voyez ce qui en ressort !

L'avis de l'autre

Le gars que j'ai *daté* : Brian, 32 ans, 2 *dates*

Je t'ai trouvée drôle, intéressante et avenante. Je sais que quand un gars rompt juste après être passé à l'acte, il est logique de penser : « C'est un connard qui ne voulait que coucher avec moi et maintenant que c'est fait, il passe à autre chose. » J'ai entendu plein de femmes le dire et ça m'a toujours dérangé parce que ça implique que c'est impossible qu'un homme n'ait juste pas apprécié la relation sexuelle. Je pense que les hommes devraient avoir autant le droit que les femmes de terminer une relation lorsqu'il n'y a pas d'alchimie (physique ou émotionnelle). Je me suis plusieurs fois senti obligé de continuer une relation avec une femme pour laquelle je ne ressentais finalement aucune attirance afin qu'elle n'ait pas l'impression d'avoir été utilisée. Avec l'âge et l'expérience, j'ai appris qu'il valait mieux rompre dès que je voyais que ce n'était pas une relation qui m'intéressait. Je suis sûr que ça a dû te blesser sur le moment, mais c'était la bonne chose à faire pour nous deux. Désolé pour l'Ice Tea sans sucre, les présentoirs à gâteaux et mon manque de goût pour la vieille musique. Je travaille sur moi-même !

Les experts : Lauren Rosenberg et Jaydi Samuels, LJMatchmaking, mes entremetteurs

Je déteste le fait qu'on ait participé à cette expérience, mais c'est l'exemple parfait de cette tendance qu'ont les hommes et les femmes à se présenter à nous d'une certaine façon et à agir de manière complètement différente en date. Ce n'est jamais malveillant. C'est juste que, une fois sur place, ils prennent conscience de certaines choses, ce qui n'arrive pas lorsqu'ils se font « interviewer ». J'imagine que c'est pour ça que ça tient plus de l'art que de la science. Si c'était une simple question de logique, mon dieu, notre boulot serait bien plus simple ! C'est quand même dommage cependant : nous étions particulièrement impatients de savoir ce que ça allait donner entre vous. Au suivant !

L'autre experte : Annabel Gat, astrologue, autrice de *The Astrology of Love & Sex*

Comparer les signes astrologiques solaires est une façon pertinente et amusante d'en apprendre plus sur toi et les différentes dynamiques qu'il peut y avoir dans tes relations, mais la vérité est qu'il y a des limites à ce que l'astrologie peut faire. Tous les Béliers peuvent être de véritables anges ou, au contraire, de parfaits connards. Si la personne n'est pas prête, ni la compatibilité de vos signes ni l'astrologie ne pourront y faire quoi que ce soit. Ton thème astral ne te prescrira pas la personne parfaite. Mais l'astrologie est un outil fantastique pour apprendre à se connaître. Et, une fois que tu te connais, tout le reste est plus simple ! Ça s'applique aussi aux relations. L'astrologie peut nous donner des outils et des pistes pour mieux se comprendre et communiquer, ce qui est le socle de toute relation. Parfois, les signes censés être les moins compatibles finissent par former le couple parfait.

18

LE MEC BIEN PLUS JEUNE QUE TOI

JE SAIS PAS POUR TOI, MAIS MOI
J'AI L'IMPRESSION D'AVOIR 22 ANS !

(JE RIGOLE, J'AI 29 ANS
ET C'EST JUSTE FLIPPANT DE DIRE ÇA.)

C'était le jour de la Saint-Valentin. J'avais 29 ans et mon date, Léo, en avait 22. Malgré ce que disent tous les films romantiques, on continuait à se persuader que c'était un jour comme un autre. Le plan, c'était d'aller manger des sushis avant d'aller au cinéma. Puisque Léo venait de terminer la fac, il a insisté pour qu'on se fasse un *before*. À la fac, les *before* consistaient à enchaîner les bières et à descendre shot après shot avant une soirée. C'est quelque chose que l'on fait lorsque l'on est encore trop jeune pour boire en public et/ou parce que c'est pas trop cher. Léo savait que j'avais fini la fac depuis un petit bout de temps alors il faisait en sorte que ça reste plus ou moins classe en amenant non pas une, mais deux bouteilles de vin blanc et en m'invitant à les boire d'un trait avant d'aller au ciné.

J'avais rencontré Léo quelques semaines avant dans un bar mythique du centre-ville de Los Angeles. On était dans la file d'attente lorsque nos regards se sont croisés. Vu que j'étais en talons, nous étions littéralement sur le même plan. Léo ressemblait à un Hemsworth un peu maigrichon : blond, des sourcils bruns, et un air juste assez débraillé. Quand j'ai découvert qu'il avait sept ans de moins que moi, je n'en ai rien pensé — sûrement parce que je suivais alors une cure de jus détox et que j'en étais déjà à mon troisième verre de vodka soda (est-ce que la vodka ce n'est pas un peu du jus de patate finalement ?).

Léo avait l'air d'avoir plus de 22 ans. Une fois entrés dans le bar, il a insisté pour me payer un verre. Il a pris mon numéro et a organisé des plans pour que l'on se revoie. Plans qu'il a ensuite suivis à la lettre. Il voulait vraiment m'emmener à l'observatoire Griffith pour pique-niquer sous les étoiles. J'étais impressionnée. C'est sans grand enthousiasme que la plupart des gars avec lesquels j'étais sortie m'invitaient à aller boire un verre à côté de chez eux.

On a continué à se voir et, même si j'appréciais la compagnie de Léo, faire des recherches sur les couples célèbres où la femme est la plus âgée et écouter *22* de Taylor Swift en boucle, au fond, je savais que la différence d'âge finirait par nous éloigner.

Puis, un matin, on a croisé un ami de Léo au café du coin. « Frérot ! C'était le feu hier soir ! T'as vraiment raté quelque chose ! » s'est exclamé ce « frérot » à un volume qui aurait pu laisser croire qu'il était encore ivre. J'en ai presque recraché mon café. Puis j'ai décelé dans les yeux de Léo cette peur de louper des trucs. Il avait vraiment raté quelque chose.

GOÛT :	LOOK :	SON :	ODEUR :	RESSENTI :
Red Bull	D'un membre de Fraternité	Mauvaises imitations	Lysol	De Mrs. Robinson

Sur le chemin du retour, je me suis laissé distraire par la beauté d'un Léo un peu décoiffé dans le soleil du matin. Jusqu'au moment où il a commencé à imiter Cartman de *South Park*. C'est alors que ça m'a frappé : son sens de l'humour consistait uniquement à faire des imitations. J'étais pareille à 22 ans. Ma meilleure amie, Ayler, et moi passions notre temps à imiter Borat, au point que les gens nous suppliaient d'arrêter.

Après cette matinée, on a continué à se fréquenter. Le soir du pique-nique à l'observatoire Griffith est arrivé et nous nous sommes tous les deux mis d'accord pour annuler à la dernière minute. L'idée de m'asseoir à même le sol était rebutante. Quant à Léo, j'imagine qu'il préférait passer une super soirée avec des potes du même âge. Aujourd'hui, je tombe parfois sur ses *posts* Instagram et il semble avoir trouvé une copine plus adaptée à son âge. J'aime penser que je l'ai un peu aidé à grandir et que lui m'a aidé à me souvenir d'une leçon importante : il est important de profiter de l'*happy hour* pour économiser un max d'argent.

GARÇON vs. HOMME

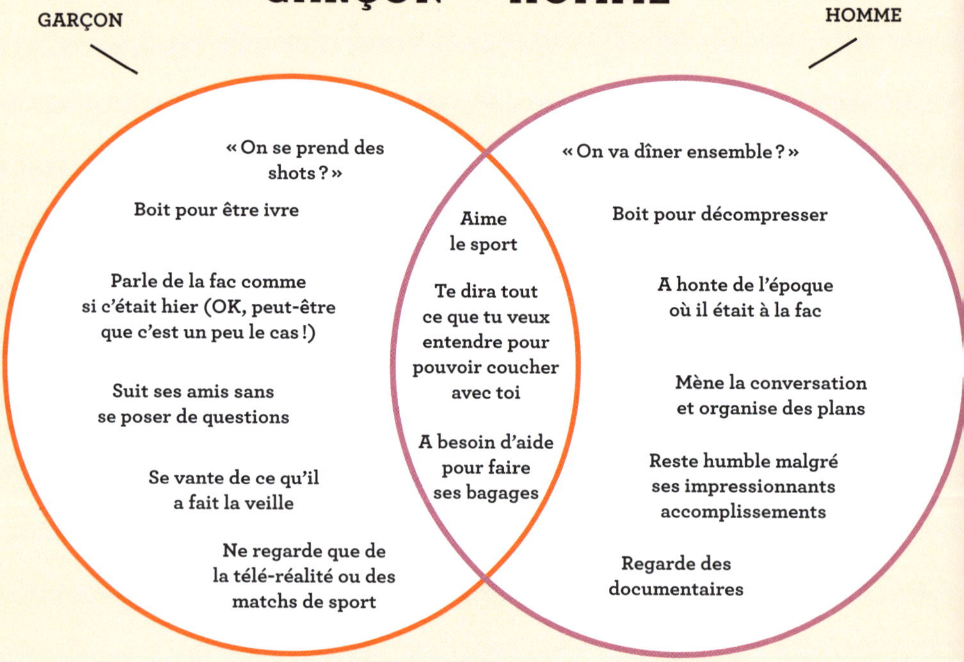

BOY BINGO

Il trouve des idées de jeux d'alcool partout 	Il a plus d'énergie que toi 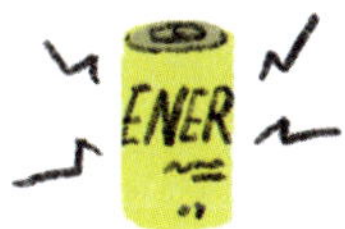	Le seul couple marié qu'il connaît est celui de ses parents 
Il aime aller en boîte de nuit 	Free space ! 	Il a quitté la fac il y a peu 
Il a au moins deux colocataires 	Il enchaîne les coups d'un soir dans son lit une place 	Il adore les jeux vidéo 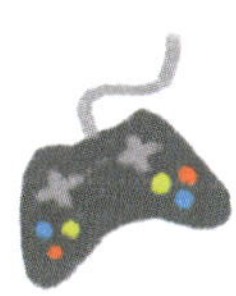

Quiz

EST-IL TROP JEUNE POUR TOI ?

À quoi ressemble son appartement ?

- **A** Il y a des vêtements partout, ses toilettes sont sales. J'ai vu des résidences étudiantes plus propres pour être honnête.
- **B** Propre ! Il a une femme de ménage qui vient faire le ménage une fois par mois.

Que trouve-t-on dans son frigo ?

- **A** De la bière surtout. Et, est-ce que ce sont des raviolis en conserve ?
- **B** Des produits frais et locaux ainsi que de quoi se faire un bon petit-déjeuner le matin.

Quel est l'écart d'âge ?

- **A** Plus de cinq ans.
- **B** Moins de cinq ans.

Comment se passent vos disputes ?

- **A** Il a tendance à m'ignorer quand je le confronte.
- **B** On a des discussions sincères et honnêtes.

Quelle est son idée d'un samedi soir parfait ?

- **A** Aller en soirée ou en boîte de nuit pour se bourrer la gueule avec ses potes.
- **B** Une petite bouteille de vin, un super dîner et peut-être un film.

Plus de A

J'ai l'impression qu'il doit encore grandir un peu. Il te faut quelqu'un qui soit ton égal, pas quelqu'un que tu devras materner.

Plus de B

Ce gars semble vraiment avoir pris sa vie en main. Ne le laisse pas partir !

L'avis de l'autre

Le gars que j'ai *daté* : Léo, 23 ans, 1 mois de relation

Une chose que je dirais pour me défendre (et défendre mon sens de l'humour) c'est que je me suis sans doute rendu compte que cette peur de rater quelque chose était frappante et ça m'a gêné. J'avais l'habitude de cacher ma nervosité un peu maladroite en faisant des imitations. J'imagine que c'est plus simple de faire semblant d'être quelqu'un d'autre quand tu ne sais pas encore qui tu es réellement.

Le couple : Carly, 35 ans, et Patrick, 27 ans, ensemble depuis 4 ans

Pendant longtemps, on s'inquiétait de ce que pensaient les autres. Maintenant, on s'en fout complètement. Il faut qu'il murisse de lui-même. Tu n'es ni sa mère ni sa psy. Acceptez que vous soyez à différentes étapes de votre vie. Concentrez-vous sur les qualités qui vous ont attiré chez l'autre et vivez le moment présent.

L'experte : Victoria, 33 ans, ne sort qu'avec des hommes plus jeunes

Tous les hommes avec lesquels je suis sortie étaient plus jeunes que moi. Ça oscillait entre un et sept ans d'écart. Lors de ma première relation sérieuse, l'écart d'âge s'est révélé être un vrai problème : il avait 20 ans, j'en avais 25. Quand il a eu 21 ans, nous n'avions plus que quatre ans et quelques mois d'écart, mais je me sentais quand même mal de sortir avec quelqu'un qui n'était pas assez vieux pour boire légalement. Il était tellement adorable et il était vraiment impliqué dans cette relation. Nous n'avons jamais parlé de cet écart d'âge, et tout le monde pensait qu'il était plus vieux que moi. Nous n'avions pas du tout les mêmes projets, et ça a fini par vraiment affecter notre relation (je suivais des études de droit et lui voulait devenir acteur). Aussi, il ne lisait pas beaucoup et, souvent, il ne comprenait pas les références culturelles ou littéraires que je faisais. Attention, il ne faut pas confondre intimité et communication.

Les hommes plus jeunes sont mignons et ont tendance à montrer plus facilement leur affection, mais, comme tous les hommes, ils souffrent d'une grande difficulté à écouter et comprendre ce qu'on leur dit. Lâche-lui un peu de lest pour qu'il puisse te comprendre ainsi que tes priorités, mais n'oublie pas de bien communiquer ce que tu désires. Au bout du compte, l'amour c'est l'amour. C'est le fait de travailler sur tous les aspects d'une relation pour que celle-ci fleurisse qui déterminera la durée de votre coupler.

19

LE MEC QUI TE PERMET DE TE RECEN-TRER SUR TOI-MÊME

C'EST L'HEURE DE BRISER
LES MAUVAIS SCHÉMAS !

J'étais perchée sur une chaise pour essayer d'avoir une photo un peu aérienne du « La Lasagna Land » que j'avais cuisiné pour la soirée visionnage de la cérémonie des Oscars que j'organisais à la maison. Je sais que ça a l'air ridicule dit comme ça, mais on était en 2017 et c'est comme ça qu'on prenait des photos de nourriture à ce moment-là !

Mes deux amies, Jenna et Perry, avaient activé le flash de leurs portables afin de m'aider à reproduire la lumière parfaite pour mettre en valeur ce plat de lasagne. Perry m'a demandé à qui je comptais envoyer la photo, et c'est là que je leur ai parlé de Dan. Nous étions allés à notre premier *date* deux jours auparavant et ça avait tout de suite matché. Nous avons regardé *La La Land* ensemble, et nous avons tous les deux adoré. On avait beau ne se connaître que depuis trois jours, on s'envoyait déjà des petits cœurs jaunes et on avait réussi à accumuler les flammes sur Snapchat. On était, en gros, devenus meilleurs amis, quoi. Notre relation se mesurait en likes, vues et messages envoyés. Mais, comme je l'ai révélé à mes amies ce soir-là, ce gars, « c'est un peu un connard ».

Quoi qu'il en soit, je restais positive : Dan était mon âme sœur. Il correspondait complètement à l'idée que je me faisais du mec parfait : grand, blond, avec un petit air de Patrick Bateman qui me faisait dire : « Va-t-il me tuer ou non ? Découvrons-le ensemble ! » Nous avions tous les deux une photo d'une séance de yoga en Thaïlande qui datait d'à peu près la même époque. C'est que nous étions faits pour être ensemble, non ? Ou alors ça voulait juste dire que nous étions deux blancs faisant du « yoga » en Thaïlande dans le but de récolter des likes sur Instagram et être ainsi validés par nos pairs. Donc lorsque, pendant notre deuxième *date*, Dan m'a demandé si je voulais partir à Santa Barbara pour faire la route des vins avec lui, j'ai répondu oui, même si mes amies étaient persuadées qu'il allait essayer de me tuer à la première occasion venue.

La première chose que nous avons donc fait une fois arrivés à Santa Barbara a été d'envoyer à toutes mes amies inquiètes une photo que nous avions prise au Fisherman's Wharf et sur laquelle Dan faisait semblant de me pousser du quai. Il m'a ensuite rendu mon téléphone et m'a demandé si je savais que l'option « photo en mouvement » était activée. C'est un mode qui permet d'enregistrer quelques secondes avant et quelques secondes après que la photo soit prise. Il m'a montré la photo que j'avais prise des lasagnes et sur laquelle on m'entendait dire « c'est un peu un connard ». « De qui parlais-tu ? » m'a-t-il demandé. « Euh... pas de toi, ça, c'est sûr », j'ai menti. On a décidé d'oublier cette histoire autour de

GOÛT:	LOOK:	SON:	ODEUR:	RESSENTI:
Marshmallows grillés	S'il était aligné avec le reste de tes ex, tu aurais du mal à le reconnaître	*Blank Space* de Taylor Swift	Lessive	Obsédée

verres de Tequila Sunset. Je me suis alors rendu compte que nous étions tous les deux en train de documenter ce voyage sur Snapchat. Je mettais tout à la vue de tout le monde, mais quand j'allais sur son profil Snap, je ne voyais rien. De retour à l'auberge, je lui ai demandé comment ça se faisait. Il a explosé : « Je ne suis pas ton petit ami. Je ne suis pas obligé de tout te raconter. C'est fini entre nous. Rentrons. » Puis il a remballé ses affaires.

C'est ça le problème quand t'as un genre bien défini de gars. Tu ne fais que ressortir avec la même personne et tu ne grandis pas, tu n'apprends pas de tes erreurs. Alors qu'il gueulait, je me suis rappelé toutes mes autres relations qui avaient super bien commencé avant de se fracasser au sol. Comment avais-je pu rater les *red flags* ? Le lendemain matin, on a fait comme si de rien n'était. On est allés à une dégustation de vin et on a rencontré un couple marié qui pensait que nous étions nous-mêmes mariés. Nous avions tous les deux posté des vidéos où on nous voyait nourrir les autruches que nous avions rencontrées sur le chemin du retour.

Alors qu'on rentrait à LA, je lui ai demandé quelle était sa partie préférée de notre aventure. Il a répondu qu'il ne savait pas et m'a retourné la question. J'ai répondu que j'avais beaucoup aimé la dégustation de vin et nourrir les autruches, et que j'avais beaucoup ri lorsque ce couple avait cru que nous étions mariés alors que ce n'était techniquement que notre quatrième date.

Il m'a alors regardé comme si je lui avais dit que je détestais *La La Land* et il a craqué : « Tu vois Gabi, c'est pour ça que tu ne seras jamais heureuse. Ton bonheur ne repose que sur les autres. C'est fini. Tout est fini entre nous. »

J'imagine que, parfois, il suffit qu'un gars qui n'est pas ton copain te quitte non pas une, mais deux fois pour te rendre compte qu'il faut que tu arrêtes de répéter les mêmes erreurs et que tu te concentres sur toi-même. Par ailleurs, si tu es dans une toute nouvelle relation et que ça a l'air trop beau pour être vrai, fais attention ! Et fais attention à désactiver le mode « photo en mouvement » !

Comment se *dater* soi-même

- Rends-toi compte et reconnais que le moment est venu de te concentrer sur toi-même.
- Qu'est-ce que c'est de sortir avec toi-même ? Est-ce que ça veut dire pas de *date* ? Attendre un peu avant de dire que ton *date* est ton copain ? Y a-t-il des *red flags* ou des défauts rédhibitoires que tu dois éviter ?
- Parle à tes amis et à ta famille de ton plan et demande-leur de te tenir responsable de tes décisions.
- Si tu le peux, essaie de consulter une psychologue ou un coach de vie. Si tu ne peux pas, lis des livres de développement personnel.
- Prends soin de toi. Ça peut être en faisant plus d'exercice, du yoga, en prenant du temps pour toi-même, en arrêtant de manger ou de boire des choses qui te font te sentir mal après coup, en lisant, en allant au spa.
- Prends tes distances avec les personnes qui remettent en question ta valeur ou les hommes qui ne peuvent pas te donner ce que tu recherches.
- Une fois que tu t'es remise au centre de tes priorités et que tu te sens prête à sortir, go ! Mais reste consciente des schémas que tu as tendance à répéter, et continue à te faire passer en premier jusqu'à ce que quelqu'un se révèle digne d'être ton partenaire.

BOY BINGO

Tu essaies de recréer des moments que tu as eus dans d'anciennes relations

Tu ignores les *red flags* évidents

Sensation de déjà vu

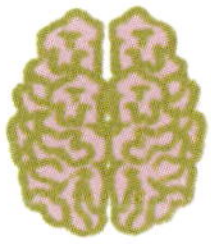

Ça va trop vite

Free space !

Tu ne lui fais pas confiance

Quelque chose ne va pas, mais tu n'arrives pas à savoir quoi

C'est un peu un connard

Il te harcèle par message

Quiz

EST-IL TEMPS DE BRISER LE CERCLE VICIEUX ?

Un copain résoudrait-il tous tes problèmes ?

Ⓐ Oui. C'est parce que tous les problèmes sont résolus que les contes de fées finissent par « ils vécurent heureux pour toujours » !

Ⓑ Non. Je suis la seule à pouvoir régler mes propres problèmes.

As-tu appris et guéri de tes relations précédentes ?

Ⓐ Je bosse encore là-dessus, mais comme on dit : la meilleure façon de passer à autre chose est de rencontrer une nouvelle personne !

Ⓑ Oui, je continue à grandir, à apprendre et à évoluer.

T'aimes-tu ?

Ⓐ Pas vraiment. Mais c'est à ça que sert une relation, non ? À trouver quelqu'un qui saura m'aimer pour que je puisse enfin m'aimer moi-même !

Ⓑ Je ne suis pas parfaite, mais je m'accepte telle que je suis et je continue à faire beaucoup d'efforts pour devenir une meilleure personne.

Pense à ta dernière relation : remarques-tu des schémas répétitifs ou des *red flags* ?

Ⓐ Oui...

Ⓑ Pas vraiment. Chaque relation était différente.

Crois-tu au fait de rencontrer « ton autre moitié » ?

Ⓐ Oui ! Je sais qu'il m'attend quelque part. Je ne l'ai juste pas encore rencontré.

Ⓑ Non. Je suis une personne déjà entière et, quand je serai prête, je rencontrerai une autre personne qui est elle-même entière. Ensemble, nous nous compléterons et formerons une relation basée sur l'égalité et l'amour.

Plus de Ⓐ

L'heure est venue de briser le cercle vicieux, *baby*. Travaille sur toi-même. Voici quelques conseils qui pourraient t'aider : suis une thérapie, découvre de nouveaux hobbies, entoure-toi de personnes qui sauront te soutenir, apprends-en plus sur toi-même. Renforce-toi et tu seras prête à ressortir avec quelqu'un.

Plus de Ⓑ

J'ai l'impression que le cercle vicieux est déjà brisé. Bravo ! Bien sûr, chaque relation demande du travail, mais j'ai l'impression que t'as déjà pas mal bossé sur toi-même.

L'avis de l'autre

Le gars que j'ai *daté* : Dan, 33 ans, une semaine (très intense) de relation

Mon dieu. J'adore cette histoire. Je l'ai même relue. J'ai ri, réfléchi, et, surtout, je me suis senti comme un connard. Tout est allé très vite. J'ai pas mal poussé. J'étais très critique, mais je ne faisais que me projeter sur toi. Je me suis rendu compte que cette volonté de toujours « améliorer » les autres venait de ma volonté de m'améliorer moi-même. Désolé de t'avoir fait sentir mal. Je trouvais/trouve que tu es une femme géniale !

Moi : Gabi

J'aurais aimé pouvoir te dire qu'après ma relation avec Dan, j'ai arrêté les relations pendant un temps pour pouvoir me concentrer sur moi-même et être sûre que je ne refaisais pas les mêmes erreurs. Mais ce n'est pas le cas, et j'ai commencé à parler avec Neal (chapitre suivant) plus ou moins au même moment. Il y avait tellement de *red flags* chez Neal que j'ai décidé d'ignorer parce que je me laissais emporter par la romance. Je me demande si ça se serait passé de la même façon si j'avais pris le temps de prendre une pause après Dan, et si je n'avais pas enchaîné sur une autre relation. Maintenant, j'attends quelques mois et je vois si la relation marche avant d'appeler qui que ce soit mon « petit-ami ». Je pense que la plus grande leçon que j'en tire est la suivante : ce n'est pas flippant d'être seule, c'est même plutôt émancipant. Accepte-le et ne t'attarde pas trop sur la solitude que tu ressens parce qu'une relation, surtout une mauvaise relation, peut te faire sentir tout aussi seule.

L'experte : Megan, psychologue, coach, écrivaine, et conférencière qui est sortie avec tout le beau monde de Manhattan

Il n'est jamais trop tard pour se concentrer sur soi-même, alors, si tu te rends compte que tu ne t'es pas assez concentrée sur toi-même, c'est qu'il est temps de le faire ! Que l'on soit en couple ou non, pour la plupart d'entre nous, notre valeur dépend, consciemment ou inconsciemment, de notre capacité à être au service des autres. En conséquence, on sacrifie nos propres besoins et notre propre bien-être, ce qui finit par nous rendre aigris, déprimés, anxieux, et solitaires, en dépit de nos relations.

La première chose à faire, c'est d'en prendre conscience : on ne peut pas changer ce dont on a pas conscience ! Il est important d'accompagner cette prise de conscience d'un peu de bienveillance envers soi-même afin de s'aimer et d'aimer la vie un peu plus.

Si tu peux te le permettre, vois une psychologue ou une coach de vie qui se spécialise dans la répétition de schémas toxiques. Si ce n'est pas possible, je te recommande de t'informer un peu plus sur les différents styles d'attachement, de mettre à l'écrit ce que tu ressens, et de réfléchir afin d'identifier les schémas que tu répètes.

Je te recommande aussi de faire du yoga ou de tenter une autre forme de méditation qui t'apprendrait à faire face à la sensation pénible d'inconfort, parce que sortir avec quelqu'un est au début super inconfortable, et quand on réagit à cet inconfort par une tentative d'évitement, on ne fait que reproduire les mêmes schémas.

20

LE MEC QUE TU PENSES ÊTRE LE BON

EST-CE QUE C'EST LE BON ?

ENFIN/FIN DE PARTIE

ET ILS VÉCURENT HEUREUX POUR TOUJOURS... POUR L'INSTANT

« Mes parents déménagent et abandonnent la maison familiale », ai-je balbutié à travers mes larmes au-dessus d'un verre de martini. « C'est pour ça que tu m'as amené ici ?! » Neal avait l'air plutôt fâché. On était au petit country club de ma ville natale. Sur le green, un couple se mariait. Il fut un temps où le mariage semblait à notre portée. Je n'arrivais pas à comprendre comment mon partenaire de deux ans pouvait être aussi insensible. S'il ne pouvait pas compatir avec mes parents, que le changement affectait plus que moi, que *nous*, comment pourrions-nous venir à bout des changements qui nous attendaient à l'avenir ?

Ça n'a pas été le coup de foudre immédiat entre Neal et moi. Ça a commencé autour d'un verre. Tout le monde autour de nous pensait que nous sortions ensemble alors que ce n'était même pas un rendez-vous. C'est avec un verre de vodka soda entre les mains que j'ai appris à le connaître et je me suis surprise à être attirée par le style un peu BCBG de Neal ainsi que par sa petite fossette au menton et son attitude un peu maladroite. Plus on se voyait et plus il romantisait toutes les étapes importantes de notre relation. Au début, ça a commencé avec un calendrier partagé qui recensait tous les événements, du simple brunch à la visite des « beaux-parents ». Puis ça a continué avec un album photo rempli de clichés, allant de tirages photomatons sur lesquels on nous voit poser avec des pancartes « On devrait coucher ensemble » aux photos de nous prises à côté de la tente que nous avions étendue après avoir conduit de Los Angeles jusque dans l'Oregon pour voir l'éclipse totale de 2017. On avait même fait une playlist Spotify qui retraçait les différentes étapes de notre période de flirt. Notre amour pouvait se résumer en quelques paroles de la chanson *New Year's Day* de Taylor Swift : « Accroche-toi aux souvenirs, je m'accrocherai à toi » (« *Hold on to the memories, I will hold on to you* »).

On s'est accroché l'un à l'autre lorsqu'on a tous les deux perdu notre boulot à Los Angeles. Puis il a trouvé un nouveau travail à New York et m'a demandé si je voulais emménager avec lui à Brooklyn. « Nous ne sommes que deux grands enfants amoureux et j'ai l'impression que nous avons trouvé notre chez-nous », a-t-il dit à l'agent immobilier lorsqu'il nous a fait visiter notre future maison à East Williamsburg. Nous avions beau savoir que la ligne L (notre seul accès à Manhattan) allait bientôt fermer, ce n'était pas grave. Notre amour serait plus fort !

Il avait déjà déménagé à Brooklyn lorsque j'ai commencé à emballer mes affaires à Los Angeles. Mes amis sont venus m'aider à tour de rôle. Il fallait démonter les meubles Ikea, trier toutes les robes accumulées sur neuf ans, jeter tous les brouillons de scripts et de portraits. Autant de choses qui m'avaient permis de garder les pieds sur terre pendant ces neuf années à Hollywood et qui avaient disparu en l'espace de quelques jours. C'est à 30 ans que, pour la première fois de ma vie, j'ai mis ma vie amoureuse avant ma carrière.

Pendant les premiers mois à Brooklyn, je me sentais chanceuse de me réveiller chaque jour auprès de Neal. Puis je me suis rendu compte que je me sentais plus seule dans cette relation que lorsque j'étais célibataire. J'avais déménagé pour être avec Neal, mais, la plupart du temps, il ne rentrait pas avant deux heures du matin. Au début, c'est parce qu'il faisait des heures sup, puis parce qu'il devait présenter une émission de jeux vidéo. Et maintenant ? Eh

GOÛT:	LOOK:	SON:	ODEUR:	RESSENTI:
Bouillon de nouilles au poulet	Mignon dans un costume de couple	Le crépitement du feu de cheminée	Œufs et bacon au petit-déjeuner	Grand câlin réconfortant

bien, j'imagine que je ne le saurai jamais. Quand il était à la maison, c'est comme s'il n'était pas là. Son regard était vitreux, il avait l'air perdu dans son monde de jeux vidéo et ses réponses se réduisaient à un seul mot. « J'ai l'impression que tu ne me soutiens pas », lui ai-je confié en pleurs un soir. « Je paye bien le loyer pourtant, non ? » a-t-il aboyé en retour.

Le week-end suivant, on était chez mes parents. « On mange des tacos ? Je ne mange pas de tacos quand je suis sur la côte est », a-t-il grogné quand je lui ai parlé de ce qui était prévu pour le dîner. Il était de mauvaise humeur et grossier, et ça, mes parents l'avaient remarqué. Ils ne comprenaient pas ce que je voyais en lui, et je dois admettre qu'à ce moment-là, moi non plus. C'est à peu près à cette époque que j'ai commencé à faire le deuil de notre relation. J'ai pleuré dans les bras de ma mère. Elle m'a demandé si je me rappelais son premier mariage. Comment pourrais-je l'oublier ? D'autant plus qu'elle ne m'avait raconté cette histoire que deux ans auparavant. Bien sûr, je me suis toujours doutée que ma petite maman à la personnalité hors du commun avait dû avoir du mal à organiser un mariage qui soit à la hauteur de sa personne. Pour son mariage, j'avais toujours imaginé ma mère accompagnée d'une horde de demoiselles d'honneur, une liste de plus de 400 invités, une réception dans un hôtel ou un restaurant 5 étoiles, un orchestre pour le moment où elle passerait devant l'autel, et, enfin, bien sûr, une magnifique robe blanche signée Vera Wang. En réalité, il s'est passé plutôt l'inverse. Ma mère s'est mariée avec mon père dans une petite église. Elle avait choisi un tailleur de satin un peu vintage et couleur crème (j'aurais dû le savoir, la couleur crème était parfaite pour un deuxième mariage). Il n'y avait pas de demoiselles d'honneur. Quand j'ai demandé à mon père quelle était leur chanson de mariage afin de fêter leurs 39 ans de bonheur conjugal, il m'a envoyé un lien YouTube vers une compilation des « chansons populaires des années 1970 » et m'a encouragé à en choisir une au hasard. C'est dingue. 39 ans de mariage et ils n'avaient pas leur chanson à eux ? Quand je sortais avec quelqu'un, 39 minutes suffisaient pour choisir la chanson emblématique de notre couple.

C'est à 27 ans que ma mère m'a parlé de Derek, l'homme avec qui elle pensait finir ses jours, tout comme je pensais finir mes jours avec Neal. Elle l'avait rencontré dans un vol de nuit entre New York et Los Angeles lorsqu'elle était hôtesse de l'air chez American Airlines au début des années 1970. Derek, un passager de première classe, avait les yeux bleus, les cheveux blonds et venait de Californie. Ma mère était impressionnée, car elle venait de Brooklyn, à l'époque où on ne se vantait pas de venir de Brooklyn. Ce fut le coup de foudre et ils ont passé tout le vol à discuter. Il était né riche, mais avait décidé de faire un travail plus manuel, ce qui était apparemment tout à fait acceptable dans les années 1970. Ma mère et Derek ne sortaient ensemble que depuis cinq semaines lorsqu'il l'a demandée en mariage. Ils ont eu le mariage que j'imaginais correspondre parfaitement au monument qu'était ma mère. Ce mariage-ci s'était déroulé dans une belle église et, pour l'occasion, ma mère portait une magnifique robe blanche. Pour la réception, ils étaient allés au Tavern on the Green où ils ont dansé sur la chanson *Moon River* du film *Diamants sur Canapé*. Après leur mariage, ils ont vécu à New York jusqu'à ce qu'il la trompe. Alors ils ont déménagé à Provincetown, où il l'a de nouveau trompée, mais en promettant cette fois-ci de changer. Puis, un jour, elle l'a surpris dans un plan à trois avec un autre couple. Ma petite maman a donc loué un camion de déménagement et est retournée vivre avec sa mère à Brooklyn.

Deux mois après m'être rendu compte que je n'avais pas d'avenir avec Neal, je suis moi aussi retournée vivre chez mes parents. Même s'il ne m'avait pas trompée comme Derek l'avait fait avec ma mère (du moins, que je sache), je me sentais émotionnellement trompée. Il y a par exemple la fois où, lors de mes 31 ans, j'ai pleuré parce que je vieillissais et j'avais l'impression de n'avoir rien fait de ma vie et Neal a refusé de m'enlacer sous prétexte que j'étais « trop dramatique ». Ou la fois où je me suis rendu compte que j'avais complètement abandonné ma carrière à Los Angeles pour être avec lui à Brooklyn, et il s'est énervé parce que « ce n'est pas comme si je réussissais à Hollywood ». Ou toutes les fois où je lui disais que j'avais réussi à avoir une salle pour mon spectacle et qu'il me conseillait fortement de revoir tout le show avec lui parce que « la dernière fois c'était pas terrible ». Ce n'était pas l'homme duquel j'étais tombée amoureuse. Au début, j'ai eu l'impression que ma vie était finie : j'avais 31 ans, j'étais célibataire et je vivais encore chez mes parents. Puis je me suis rendu compte que ma vie venait tout juste de commencer. De la même façon que la vie de ma mère avait repris son cours lorsqu'elle avait quitté Derek. Avoir 24 ans, être célibataire et habiter avec ses parents dans les années 1970 était tout aussi honteux que d'avoir 31 ans, d'être célibataire et d'habiter avec ses parents aujourd'hui. Ma mère a vite retrouvé un appartement et un nouveau travail dans une agence de publicité, où elle avait rencontré mon père qui était « le bon » et avec qui elle s'est mariée à 30 ans. Et même s'ils n'ont pas eu une grande cérémonie, leur mariage a tenu. Ils comptent aujourd'hui 40 années d'amour et de soutien inconditionnel. Quand ma mère a eu un cancer, mon père (avant l'époque d'Internet) est allé tous les jours à la bibliothèque municipale pour pouvoir trouver le médecin qui pourrait la soigner. Depuis, vingt ans sont passés et ma mère a guéri de ce cancer. Si je tombais moi-même malade, je n'imaginais pas Neal avoir la même réaction.

Mes parents avaient peut-être tardé à se rencontrer, mais regardez à quel point ils sont heureux aujourd'hui. Est-ce que ça ne vaut pas la peine de patienter un peu pour rencontrer le vrai amour ? Si j'avais le choix, je choisirais un beau et long mariage plutôt qu'une somptueuse cérémonie. Donc, si tu ne trouves pas la « bonne » personne dans ta vingtaine, ne panique pas. Avoir trente ans et être célibataire n'est pas si mal. Quant à moi ? Peut-être que je n'ai juste pas encore trouvé la bonne personne.

APPRÉCIATION vs. DÉSIR vs. AMOUR

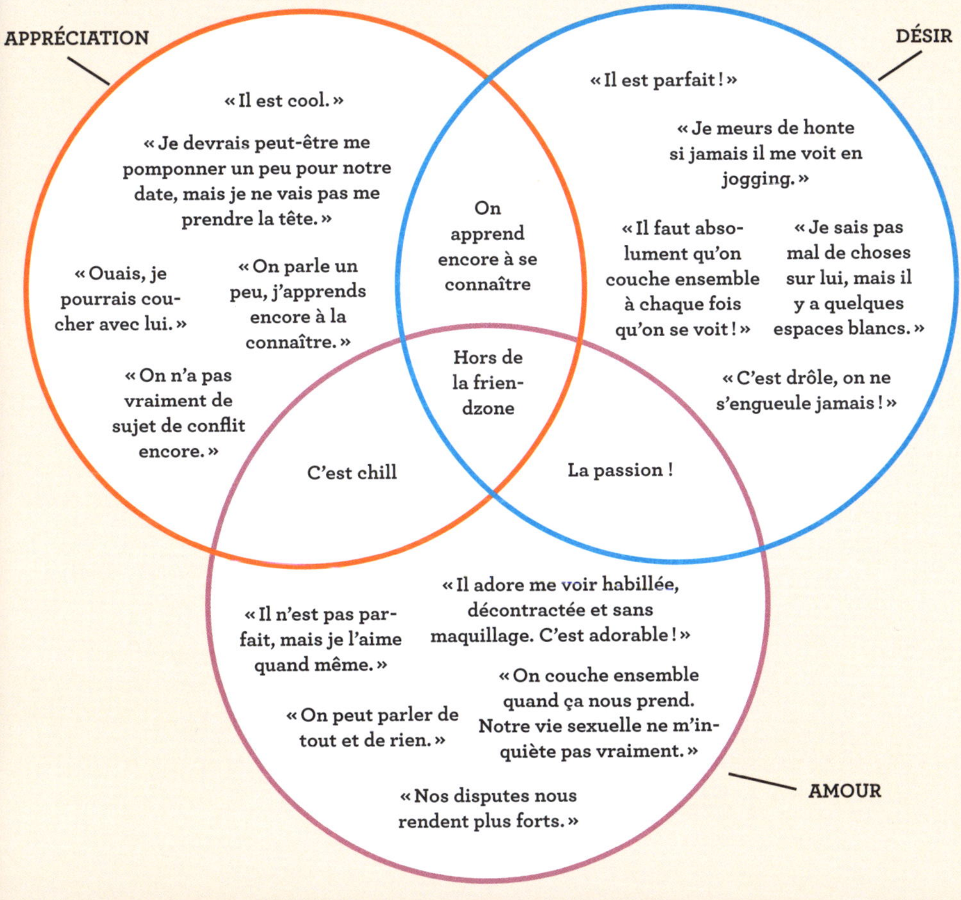

Quiz

EST-IL LE BON ?

Est-ce que ça te va de ne coucher qu'avec lui jusqu'à la fin de ta vie ?

- A Euh...
- B Bien-sûr !

Est-ce que tu te vois fonder une famille avec lui ? Penses-tu qu'il serait un bon père ?

- A Il doit encore grandir un peu.
- B Complètement !

Est-ce que vous avez les mêmes projets de vie ?

- A Pas vraiment.
- B Oui. On est vraiment très compatibles à ce niveau-là.

Ta famille et tes amis l'aiment bien ?

- A Pas vraiment.
- B Ils l'adorent !

Si tu tombais gravement malade, que ferait-il ?

- A Il serait capable de me quitter.
- B Il resterait à mes côtés et m'aiderait à aller mieux.

Plus de A

J'ai l'impression qu'il doit encore grandir un peu. Je ne dis pas qu'il faut forcément le quitter, mais aie conscience de ces problèmes et assure-toi de lui parler lorsque quelque chose te dérange.

Plus de B

T'as l'air d'avoir trouvé ta moitié !

BOY BINGO

Tu envisages vraiment un avenir avec lui

Vous vous considérez comme des égaux

Vous vous aidez mutuellement à traverser les petites et grandes épreuves

Vous avez une excellente communication

Free space !

Vous vous aimez et acceptez l'autre

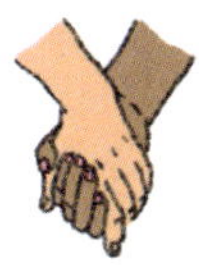

Vous vous faites confiance

Vos projets d'avenir concordent

Tu te sens à la maison dès que tu es avec lui

L'avis de l'autre

Le gars que j'ai *daté* : Neal, 33 ans, 2 ans de relation

Notre histoire va au-delà de tout ça, mais j'en ai retenu deux choses : une honnêteté absolue et une fiabilité constante. Dans toute relation, il faut être parfois brutalement honnêtement avec soi-même et avec son partenaire. C'est ton partenaire après tout ! Ton meilleur ami ! N'aie jamais peur de le blesser en disant la vérité. Il faut également être constant.

Après notre rupture, j'ai regardé l'épisode « Le churro gratuit » de *Bojack Horseman* presque tous les jours pendant un mois (sérieusement, Netflix peut même vérifier). Une citation de cet épisode, écrit par le créateur Raphael Bob-Waksberg, le dit mieux : « À la télé, même les personnages les plus imparfaits savent montrer leur amour avec de grands gestes symboliques. Et je pense qu'une part de moi croit encore que c'est ça, l'amour. Mais dans la vraie vie, les grands gestes symboliques ne suffisent pas. Il faut être constant, il faut toujours être bon… il faut le faire tous les jours, et c'est si… dur. »

Dans notre situation, on pourrait dire : tu ne peux pas tout foutre en l'air et faire un montage vidéo de ta relation sur un fond de *New Year's Day* de Taylor Swift.

Mes parents : Paul et Julie Conti, ensemble depuis 39 ans

Quand nous nous sommes rencontrés pour la première fois et que nos regards se sont croisés, j'ai tout de suite su que c'était le bon. Nous savions tous les deux que quelque chose venait de se produire. Nous rions beaucoup. On trouve de la joie à chaque instant. On s'enlace tous les jours. Ah et est-ce que tu peux enlever la partie qui dit que je viens de Brooklyn ? — Julie

La grand-mère de ta mère lui a un jour dit qu'un couple ne devait jamais aller se coucher fâché. Réconciliez-vous toujours avant d'aller dormir. Quand tu rencontres la bonne personne, tu le sais. Quelque chose se passe à l'intérieur de ta tête et de ton cœur et tu sais que c'est la personne avec laquelle tu veux être. J'ai trouvé ça avec ta mère. Célébrez tous les anniversaires un peu importants. Je me souviens avoir arpenté son quartier à Brooklyn et m'être senti à la maison. Je savais que je voulais construire ma vie avec elle. — Paul

Le couple : Ali, 35 ans, et Matt, 36 ans, ensemble depuis 8 mois

Je l'ai rencontré sur Bumble après maintes tentatives et tout autant de *dates* ratés. J'avais le cœur brisé et j'étais sorti un peu de la ville pour photographier un mariage. J'ai décidé que je devais rentrer à la maison et que ça me ferait du bien de voir ma meilleure amie avant de retourner à Portland. Cette décision m'a fait prendre un chemin différent et a aussi changé ma géolocalisation sur Bumble. On a direct matché. Le *timing*, c'est primordial. Si je n'avais pas pris cette décision de dernière minute, je ne l'aurais peut-être jamais rencontré. Nous voici, huit mois plus tard : et on se voit déjà ensemble pour le reste de notre vie.

ET MAINTENANT?

Quand j'ai commencé à écrire ce livre, j'avais 29 ans et je pensais avoir trouvé mon futur mari. Ensuite, alors que j'étais nouvellement célibataire, j'ai dû retourner vivre chez mes parents à 31 ans. Aujourd'hui, je vis seule dans un petit appartement à Hollywood. J'ai connu des hauts et des bas au cours de ces dernières années, mais les leçons que j'en ai tirées valaient chaque larme que j'ai versée.

Voilà ce que j'ai appris en écrivant ce livre et en interviewant les ex, les couples et les experts. L'élément central à la réussite d'un couple est la communication. Ça a l'air si simple, n'est-ce pas ? Peut-être penses-tu déjà maîtriser cette partie, mais es-tu sûre de vraiment bien écouter ? Je sais maintenant que ce n'était pas mon cas. Par exemple, quand le mec qui n'était pas vraiment intéressé par moi m'a dit ne pas vouloir d'une copine tout de suite, je ne me suis concentrée que sur le « tout de suite ».

Parfois, on n'entend que ce qu'on veut entendre lorsqu'on est en couple. Et on peut avoir tellement peur de perdre quelqu'un et d'être (oh mon dieu !) seule que l'on ne dit pas ce que l'on devrait dire. Ne fais pas ce que j'ai fait ou tu te retrouveras à 31 ans à habiter dans un appartement à Brooklyn avec un copain qui te fait te sentir plus seule que jamais.

J'étais aussi surprise par le nombre d'ex qui voulait bien discuter malgré tout le temps passé. J'avais l'excuse de ce bouquin, mais je pense (après qu'un peu de temps s'est écoulé) qu'il n'y a rien de mal avec le fait de parler avec son ex. C'est tellement simple de les retrouver, de nos jours ! On peut vraiment en apprendre beaucoup de nos anciennes relations. Il se pourrait même que tu découvres que le mec qui te ghostait ne te ghostait pas vraiment, ou que le mec qui n'était pas vraiment ton mec voulait en réalité vraiment sortir avec toi et que, non, il ne voyait pas d'autres femmes, il avait juste peur. Ou encore que le mec qui t'envoyait « hey » à deux heures du matin ne savait pas du tout que tu le voyais plus que comme un plan cul. La vie est trop courte pour ne pas dire ce que tu as sur le cœur ou ce que tu penses vraiment. C'est ça le point commun entre toutes les relations réussies : l'honnêteté. Tant que ton partenaire et toi êtes honnêtes l'un avec l'autre, vous pouvez venir à bout de n'importe quel obstacle dans votre relation.

Maintenant que j'ai la trentaine, mes dates sont bien plus amusants ! Quelle sensation incroyable que d'être plus vieille, plus sage, de savoir ce que je veux, de ne plus tourner autour du pot et de ne plus s'accrocher à un peut-être. J'ai hâte d'en parler davantage, mais j'imagine qu'il faudra attendre la sortie de *Trente gars que tu dates dans ta trentaine*.

HEY, MERCI !

J'aimerais remercier mes coiffeurs, Paul Jean et Fabion au salon Paul Jean qui, non seulement ne m'ont jamais laissée faire de frange après ces nombreuses ruptures, mais qui m'ont en plus présentée à mon super manager, David Styne. David a cru à ce bouquin quand il n'y avait que deux chapitres, et l'a fait lire à Chris George, qui l'a fait lire à mon agent littéraire actuel Beth Davey de chez Davey Literary & Media, qui l'a fait lire à Zaneta Jung de chez Chronicle, ce qui a abouti au livre que tu tiens présentement entre les mains. Sans cette équipe incroyable, tu ne pourrais pas lire ce livre, et je leur en suis éternellement reconnaissante. Et un grand merci à mon avocat, Marios Rush, qui s'est assuré qu'aucun de mes ex ne pouvait me poursuivre en justice. Je dois aussi remercier mon coach en storytelling, David Crabb, qui m'a aidée à transformer mon journal intime un peu torturé en histoires auxquelles on peut s'identifier (je l'espère). Merci à tous les mecs sur lesquels j'ai écrit et qui m'ont soutenue dans ce projet. J'aimerais également remercier mon psychologue et ami, John Kim, de m'avoir aidée à rester saine d'esprit malgré les ruptures, ainsi que mes amis pour m'avoir fait garder les pieds sur terre au cours de ma vie. Je pense particulièrement à ma meilleure amie depuis le lycée, Emily Hardin, qui a rencontré presque tous mes ex et qui m'a guidée dans ma vie amoureuse tout au long de ma vingtaine. Merci aussi à Amy Cheapho, qui est avec moi à la vie à la mort, qui m'a laissée squatter son canapé quand je suis retournée à Los Angeles et qui ne m'a jamais épargné la vérité. Merci à mon cher ami Stephen Christy pour son honnêteté et son soutien sans faille pendant toute l'écriture de ce livre. Merci à Nikki Glaser, Anthony Jeselnik, Demetri Martin, Gaby Dunn, Shawn Binder, Lindsey Rosin, Martie Cook, et Kevin S. Bright d'avoir dit du bien de moi auprès de Chronicle, ce qui, j'en suis sûre, les a aidés à me faire confiance pour écrire ce bouquin. Enfin, je dois bien évidemment remercier mes parents, car je suis enfant unique et je suis sûre que vous dédier ce livre n'est pas assez pour vous, puisque jamais rien ne l'est !